FOLIO SCIENCE-FICTION

Isaac Asimov

Cher Jupiter

Traduit de l'américain
par Anne Villelaur

Denoël

Cet ouvrage a été précédemment publié dans la collection
Présence du futur aux Éditions Denoël.

Cher Jupiter constitue le second recueil de nouvelles tirées
du volume *Buy Jupiter and Other Stories* ; *Flûte, flûte et flûtes !*
(Folio Science-Fiction n° 163) en est le premier.

Titre original :
BUY JUPITER AND OTHER STORIES

Figure emblématique et tutélaire de la science-fiction, Isaac Asimov (1920-1992) s'est imposé comme l'un des plus grands écrivains du genre. Scientifique de formation, il s'est rendu mondialement célèbre grâce aux séries *Fondation* et *Les Robots*, qui révolutionnèrent la science-fiction de la première moitié du XXe siècle par leur cohérence et leur crédibilité scientifique.

Écrivain progressiste, fervent défenseur du respect de la différence, Isaac Asimov fut un auteur extrêmement prolifique, abordant tour à tour la vulgarisation scientifique et historique, le polar, ou les livres pour la jeunesse.

Déjà vers le milieu des années 1950, lorsque quelques-uns des moins riches des magazines de science-fiction (non qu'il y en eût de vraiment *riches*) me commandaient une nouvelle, j'avais pour habitude de demander les tarifs que payaient *Astounding* et *Galaxy* si ledit magazine attendait une histoire écrite spécialement pour l'occasion. Ils le faisaient, parfaitement assurés que si je leur disais qu'une histoire avait été spécialement écrite pour eux, elle l'était, et qu'elle n'avait pas été prise dans un fond de tiroir. (Il y a des moments où avoir la réputation d'être trop stupide pour être malhonnête devient de l'habileté.)

Le corollaire de ceci, naturellement, est que si une de mes histoires est d'aventure refusée par l'Éditeur A, il m'incombe d'en avertir l'Éditeur B quand je la lui propose à nouveau. En premier lieu, le refus d'une nouvelle signée de mon nom doit amener des réflexions du genre de « Formidable ! Cette histoire *doit* être un navet ! » et ce n'est qu'honnêteté de donner au second éditeur la chance de l'accepter. Deuxièmement, même si le second éditeur accepte l'histoire, il a besoin de ne pas se sentir obligé de me payer davantage que ses tarifs ordinaires. Cela signifiait une perte occasionnelle de quelques dollars mais me faisait me sentir plus à l'aise dans ma petite âme desséchée.

Quoi qu'il en soit *Qu'est-ce que ça peut bien faire à une abeille ?* fut écrite en 1956, après que j'en ai discuté avec Robert

P. Mills, de *Fantasy and Science Fiction*, qui avait pris la direction d'un magazine jumeau de *F & SF*, et qui allait s'appeler *Venture Science Fiction*.

Je suppose que la réalisation ne tint pas ses promesses car Mills la refusa et elle ne fut jugée digne ni de *Venture* ni de *F & SF*. Aussi la présentai-je à *If : Worlds of Science Fiction* avec la lettre de refus et en obtins moins que les plus hauts tarifs. Elle fut publiée dans le numéro de juin 1957.

Maintenant, ce qui est triste, c'est que je ne peux toujours pas dire ce qui, dans une histoire, fait la différence entre l'acceptation et le refus, ou quel éditeur, celui qui refuse ou celui qui accepte, a raison. C'est pourquoi je ne suis pas éditeur et n'ai pas l'intention de le devenir.

Mais vous pouvez en juger vous-même.

Qu'est-ce que ça peut bien faire à une abeille ?

Le vaisseau commença par être une carcasse de métal. Lentement, couche après couche, on posa un revêtement brillant à l'extérieur, et on entassa les organes vitaux aux formes bizarres à l'intérieur.

De tous les individus (sauf un) concernés par cette croissance, Thornton Hammer fut celui qui, physiquement, en fit le moins. C'était peut-être parce qu'il était le plus hautement concerné. Il maniait les symboles mathématiques qui étaient à la base des formes qui s'ébauchaient sur le papier, lesquelles, à leur tour, étaient à la base de l'assemblage des différentes masses et des différentes formes d'énergie qui entraient dans le vaisseau.

Pour l'instant, il regardait d'un air sombre au travers de lunettes étroitement ajustées. Leurs lentilles accrochaient la lumière des tubes fluorescents là-haut et les réfléchissaient comme un feu d'artifice. Theodore Lengyel, représentant de la société qui payait la note du projet, était à côté de lui. Il désigna quelqu'un d'un doigt rigide et menaçant :

— Le voilà, dit-il. C'est lui.

Hammer regarda attentivement.

— Vous voulez dire Kane ?

— Le type en salopette verte, qui tient une clé à molette.

— C'est Kane. Et alors, qu'est-ce que vous avez contre lui ?

— Je veux savoir ce qu'il fabrique. C'est un idiot.

Lengyel avait un visage rond, grassouillet et ses bajoues tremblaient légèrement.

Hammer se détourna pour regarder l'autre, son corps sec exprimant sur chaque centimètre son mécontentement.

— Est-ce que vous l'avez ennuyé ?

— *Ennuyé ?* Je lui ai parlé. C'est mon boulot de parler aux hommes, de recueillir leurs points de vue, d'obtenir des informations afin de faire campagne pour une amélioration du moral.

— En quoi Kane peut-il perturber cela ?

— C'est un insolent. Je lui ai demandé quel effet ça lui faisait de travailler sur un vaisseau qui irait jusqu'à la Lune. Je lui ai un peu parlé du vaisseau comme d'un sentier vers les étoiles. Peut-être que je faisais un petit discours, sur ce sujet, que j'échafau dais un peu ma théorie, quand il a tourné les talons de la façon la plus grossière. Je l'ai rappelé et lui ai demandé : « Où allez-vous ? », et il a dit : « Ce genre de conversation me fatigue. Je vais sortir regarder les étoiles. »

Hammer hocha la tête.

— Parfait. Kane aime bien regarder les étoiles.

— C'était en plein jour. Ce type est un idiot. Depuis, je l'ai observé et il ne fait absolument rien.

— Je le sais.

— Alors pourquoi est-ce qu'on le garde ?

Hammer dit, avec une véhémence soudaine :

— Parce que je veux qu'il soit là. Parce qu'il me porte bonheur.

— Il vous porte bonheur ? dit Lengyel d'une voix hésitante. Bon sang, qu'est-ce que cela signifie ?

— Cela signifie que quand il est dans le coin, je réfléchis mieux. Quand il me croise, avec sa sacrée clé à molette, j'ai des idées. C'est arrivé trois fois. Je ne me l'explique pas ; ça ne m'intéresse pas de l'expliquer. Ça s'est produit. Il restera.

— Vous plaisantez.

— Non, certainement pas. Maintenant, laissez-moi.

Kane se tenait là, dans sa salopette verte, sa clé à la main.

Il savait obscurément que le vaisseau était presque prêt. L'engin n'était pas destiné à emporter un homme, mais il y avait de la place pour un homme. Il le savait de la même façon qu'il savait des tas de choses ; comme s'écarter du chemin de la plupart des gens la plupart du temps ; comme trimbaler une clé jusqu'à ce que les gens s'habituent à le voir trimbaler une clé et cessent de le remarquer. Un camouflage protecteur tenait à de petites choses, en vérité — comme trimbaler la clé.

Il était empli de pulsions qu'il ne comprenait pas très bien, comme regarder les étoiles. Au début, il y avait de cela bien des années, il avait simplement regardé les étoiles avec une souffrance vague. Par la suite, lentement, son attention s'était fixée sur une certaine région du ciel, puis sur un certain point très précis. Il ne savait pas pourquoi ce point-là. Il n'y avait pas d'étoiles à cet endroit. Il n'y avait rien à voir.

Le point etait très haut dans le ciel nocturne, à la fin du printemps et durant les mois d'été, et Kane passait quelquefois la plus grande partie de la nuit à observer le point jusqu'à ce qu'il s'enfonçât vers l'horizon au sud-ouest. À d'autres périodes de l'année, il regardait le point pendant la journée.

Il y avait quelque idée, en relation avec ce point, qu'il ne parvenait pas à cristalliser. À mesure que s'écoulaient les années, elle était devenue plus forte, elle remontait plus près de la surface, et, à présent, elle était sur le point de jaillir pour se formuler. Mais elle n'était pas encore tout à fait claire.

Kane, se déplaçant nerveusement, s'approcha du vaisseau. L'engin était presque terminé, presque dans sa totalité. Tout collait parfaitement. Presque tout.

Car à l'intérieur, loin vers l'avant, il existait un trou un peu plus grand qu'un homme ; et, conduisant à ce trou, un passage un peu plus large qu'un homme. Demain, ce passage serait rempli par les derniers organes vitaux et, avant ça, le trou, lui aussi, allait être comblé. Mais pas avec ce qu'ils avaient prévu.

Kane s'approcha plus près encore, et personne ne lui prêta attention. Ils étaient habitués.

Il fallait gravir une échelle de métal et suivre une passerelle pour pénétrer par la dernière ouverture. Il savait où se trouvait l'ouverture avec autant de précision que s'il avait construit le vaisseau de ses propres mains. Il gravit l'échelle et suivit la passerelle. Il n'y avait personne pour l'ins…

Il se trompait. Il y avait un homme.

Lequel dit rudement :

— Qu'est-ce que vous faites là ?

Kane se raidit et ses yeux vagues se fixèrent sur celui qui venait de parler. Il leva sa clé et la fit retomber légèrement sur la tête de l'interlocuteur. L'homme qui avait été frappé (et qui n'avait fait aucun effort pour parer le coup) s'effondra, en partie seulement à cause du coup.

Kane le laissa à terre, sans plus s'en inquiéter.

L'homme ne resterait pas longtemps inconscient, mais il le resterait assez longtemps pour permettre à Kane de s'insinuer dans le trou. Lorsque l'homme reviendrait à lui, il ne se souviendrait ni de Kane ni de sa propre perte de conscience. Simplement, auraient été soustraites de sa vie cinq minutes qu'il ne retrouverait jamais et qui ne lui manqueraient pas davantage.

Il faisait sombre dans le trou et, bien entendu, il n'y avait pas de ventilation, mais Kane n'y prêta pas attention. Avec la sûreté de l'instinct, il grimpa jusqu'à la tanière qui allait l'accueillir, puis resta là, haletant, s'ajustant avec précision à la cavité comme s'il s'était agi d'une matrice.

Dans deux heures, ils commenceraient à placer les derniers organes vitaux, fermeraient le passage et laisseraient là Kane, sans se douter de rien. Kane serait le seul fragment de chair et de sang, dans une chose de métal, de céramique et de combustible.

Kane ne craignait pas d'être découvert prématurément. Aucun membre du projet ne savait que le trou se trouvait là. Les plans ne le mentionnaient pas. Les mécaniciens et les constructeurs ne savaient pas qu'ils l'avaient aménagé là.

Kane avait arrangé la chose tout seul.

Il ne savait pas comment il l'avait arrangée, mais il savait qu'il l'avait fait.

Il pouvait observer sa propre influence, sans savoir comment elle s'exerçait. Prenez Hammer, par exemple, le responsable du projet, et visiblement le plus influencé. De toutes les silhouettes indistinctes qui se mouvaient autour de Kane, elle était la moins indistincte. Kane était très conscient de sa présence, par moments, lorsqu'il passait auprès de lui dans ses lentes et brumeuses déambulations sur les terrains. C'était tout ce qu'il fallait — passer près de lui.

Kane se rappela que c'avait été la même chose avant, surtout avec les théoriciens. Lorsque Lise Meitner avait décidé de déceler le barium parmi les produits d'un bombardement aux neutrons sur de l'uranium, Kane s'était trouvé là, marchant péniblement, sans se faire remarquer, dans un couloir voisin.

Il était en train de ramasser des feuilles et des saletés dans un parc, en 1904, quand le jeune Einstein était passé par là, plongé dans ses réflexions. Les pas d'Einstein s'étaient accélérés sous l'impact d'une pensée soudaine. Kane l'avait ressenti comme une décharge électrique.

Mais il ne savait pas comment cela s'était produit. Est-ce qu'une araignée a des notions théoriques d'architecture quand elle se met à construire sa première toile ?

Cela remontait plus loin. Le jour où le jeune Newton avait contemplé la Lune et qu'était née une certaine idée, Kane s'était trouvé là. Et encore plus loin dans le passé.

Le panorama du Nouveau-Mexique, d'ordinaire désert, était animé de fourmis humaines qui grouillaient autour de la flèche de métal qui crevait le ciel.

Celle-ci était différente de toutes les structures identiques qui l'avaient précédée.

Celle-ci se libérerait de la terre plus complètement que toutes les autres. Elle atteindrait la Lune et en ferait le tour avant de revenir. Elle serait bourrée d'instruments qui photographieraient la Lune et mesureraient ses sources de chaleur, étudieraient sa radioactivité, et examineraient, par hyperfréquence, sa structure chimique. Elle ferait, par automation, tout ce que l'on pouvait attendre d'un engin habité. Et elle en apprendrait assez pour assurer que le prochain vaisseau que l'on lancerait *serait* un engin habité.

Excepté que, après tout, d'une certaine manière, celui-là, le premier, était un engin habité.

Il y avait là les représentants de divers gouvernements, de diverses industries, de divers groupes sociaux et économiques. Il y avait des caméras de télévision et des reporters.

Ceux qui ne pouvaient être là, y assistèrent de chez eux et entendirent le débit monotone, appliqué, du compte à rebours, dans ce style qui était devenu traditionnel au bout de trois décennies.

À zéro, les moteurs à réaction s'animèrent, et le vaisseau s'éleva lourdement.

Kane entendit le bruit de la poussée violente des gaz, comme venu de loin, et sentit la force de l'accélération croissante peser sur lui.

Il détacha son esprit, l'aidant à s'élever et à

s'échapper, le libérant de tout contact avec son corps, afin qu'il ignorât la souffrance et le malaise.

Avec un sentiment de vertige, il sut que son long voyage était sur le point de se terminer. Il n'aurait plus à agir avec précaution pour éviter que les gens comprennent qu'il était immortel. Il n'aurait plus à se fondre dans le paysage, ni à errer éternellement d'un lieu à un autre, changeant de nom et de personnalité, et manipulant les esprits.

Naturellement, cela ne s'était pas passé à la perfection. Les mythes du Juif errant et du Hollandais volant avaient éclos, mais il était toujours là. Il n'avait pas été inquiété.

Il pouvait voir sa tache dans le ciel. À travers la masse et la compacité du vaisseau, il pouvait la voir. Ou peut-être pas « voir » vraiment. Il ne connaissait pas le mot exact.

Il savait pourtant qu'il existait un mot exact. Il était incapable de dire comment il savait une fraction des choses qu'il savait, sinon que, au fil des siècles, il avait peu à peu appris à les connaître avec une certitude où la raison n'avait aucune part.

Au début, il avait été un « œuf » (ou quelque chose pour quoi le mot « œuf » était le plus approprié qu'il connût), déposé sur la Terre avant que les premières cités eussent été édifiées par les créatures nomades qui se livraient à la chasse et que l'on avait appelées depuis des « hommes ». La Terre avait été choisie avec soin par son géniteur. N'importe quel monde n'aurait pas convenu.

Quel monde aurait convenu ? Quel était le critère ? Cela, il l'ignorait encore.

Est-ce qu'un ichneumon étudie l'ornithologie avant de découvrir la seule espèce d'araignée qui conviendra à ses œufs, et de la piquer de façon telle qu'elle puisse demeurer vivante ?

L'œuf le rejeta enfin, et il prit la forme d'un homme, et il vécut parmi les hommes et se protégea contre les hommes. Et son seul projet était de faire en sorte que les hommes suivissent un chemin qui aboutirait à un vaisseau, et à l'intérieur du vaisseau, à un trou, et à l'intérieur du trou, à lui-même.

Il avait fallu huit mille ans de lents efforts et de faux-pas.

La tache dans le ciel devenait plus nette maintenant que le vaisseau avait quitté l'atmosphère. C'était la clé qui ouvrait son esprit. C'était la pièce qui complétait le puzzle.

Les étoiles clignotaient à l'intérieur de cette tache qu'un homme ne pouvait voir à l'œil nu. L'une d'elles, en particulier, brillait avec éclat, et Kane était ardemment attiré par elle. L'expression qui s'était construite à l'intérieur de lui-même depuis si longtemps, jaillit alors.

— Chez moi, murmura-t-il.

Savait-il ? Est-ce qu'un saumon étudie la cartographie pour trouver les sources du courant d'eau douce où il est né des années plus tôt ?

La dernière étape était franchie dans la lente

maturation qui avait duré huit mille ans, et Kane n'était plus une larve, mais un adulte.

Le Kane adulte quitta l'enveloppe humaine qui avait protégé la larve, et il quitta aussi le vaisseau. La chose se précipita tout droit, à des vitesses inconcevables, vers sa patrie d'où un jour, aussi, elle pourrait s'élancer pour son odysée à travers l'espace afin de fertiliser de son œuf quelque planète.

Elle filait à travers l'espace, n'accordant pas une pensée au vaisseau qui emportait une chrysalide vide. Elle n'accordait pas une pensée au fait qu'elle avait conduit tout un monde vers la technologie et les voyages dans l'espace, dans le seul but que la chose qui avait été Kane puisse grandir et atteindre son plein développement.

Est-ce qu'une abeille se soucie de ce qui est arrivé à une fleur, une fois que l'abeille a fait ce qu'elle avait à faire et qu'elle est partie ?

En parcourant *Qu'est-ce que ça peut bien faire à une abeille ?*, je me suis mis à penser aux nombreux directeurs de magazines auxquels j'ai eu affaire, et à la façon dont quelquefois ils ont disparu dans les limbes.

Il y a eu des rédacteurs en chef que, pendant un certain temps, je voyais fréquemment et dont je me sentais fort proche. Puis, pour une raison ou pour une autre, ils cessaient d'exercer leur activité et sortaient de ma vie. Je n'ai pas vu Horace Gold depuis de longues années — par exemple — et je n'ai pas revu James L. Quinn, qui avait acheté *Qu'est-ce que ça peut bien faire à une abeille ?* et quelques autres de mes nouvelles.

Il avait, je m'en souviens, l'accent du Sud, et c'était une personne délicieuse… et, à présent, je ne sais où il est, ni même s'il est encore en vie.

*

L'histoire suivante, *Pauvres imbéciles*, est unc histoire dont je préférerais dire très peu de choses — sinon le commentaire sera plus long que la nouvelle. Je l'ai écrite le 29 juillet 1957, et elle fut refusée par deux magazines différents avant que Bob Lowndes ne l'accueillît gentiment. Elle parut dans le numéro de février 1958 de *Future*.

Pauvres imbéciles

Naron, qui appartenait à la race rigellienne à longue vie, était le quatrième de sa lignée à tenir les dossiers galactiques.

Il avait le grand livre qui contenait la liste des nombreuses races qui, dans toutes les galaxies, possédaient une intelligence, et le livre bien plus petit où étaient inscrits les noms des races qui avaient atteint la maturité et s'étaient qualifiées pour la Fédération galactique. Dans le premier livre, un certain nombre de celles qui étaient enregistrées étaient barrées ; celles qui, pour une raison ou pour une autre, avaient échoué. Le malheur, les imperfections biochimiques et biophysiques, l'inadaptation sociale avaient prélevé leur droit de passage. Dans le petit livre, pourtant, aucun membre enregistré n'avait été jusqu'à présent barré.

Et maintenant, Naron, grand et incroyablement âgé, levait la tête, alors qu'approchait un messager.

— Naron, dit le messager. Grand Naron !

— Bon, bon, que se passe-t-il ? Pas tant de cérémonies.

— Un nouveau groupe d'organismes a atteint la maturité.

— Excellent, excellent. Ils évoluent rapidement maintenant. Il ne se passe guère d'années sans qu'il y en ait un nouveau. Et qui sont ceux-là ?

Le messager donna le numéro de code de la galaxie et les coordonnées du monde en son sein.

— Ah ! oui, dit Naron. Je connais ce monde.

Et d'une écriture élégante, il le nota dans le premier livre et transféra son nom dans le second, se servant, comme d'habitude, du nom sous lequel la planète était connue de la plus grande fraction de la population. Il écrivit : Terre.

— Ces nouvelles créatures, dit-il, ont établi un record. Aucun autre groupe n'est passé si rapidement de l'intelligence à la maturité. Pas d'erreur, j'espère.

— Non, monsieur, dit le messager.

— Ils possèdent bien la puissance thermonucléaire, n'est-ce pas ?

— Oui, monsieur.

— Bon, c'est le critère, gloussa Naron. Et bientôt

leurs vaisseaux partiront en expédition et contacteront la Fédération.

— En fait, Grand Naron, dit le messager, les observateurs nous disent qu'ils n'ont pas encore pénétré dans l'espace.

Naron était stupéfait.

— Pas du tout ? Pas même une station spatiale ?

— Pas encore, monsieur.

— Mais s'ils possèdent la puissance thermonucléaire, où donc font-ils leurs expériences et leurs explosions ?

— Sur leur propre planète, monsieur.

Naron se leva et, du haut de ses six mètres, il tonna :

— Sur leur propre planète.

— Oui, monsieur.

Naron sortit lentement son stylo et fit un trait sur la dernière adjonction dans le petit livre. C'était un acte sans précédent, mais Naron était très sage et pouvait voir l'inévitable tout aussi bien que n'importe qui dans la galaxie.

— Pauvres imbéciles, murmura-t-il.

C'est encore une histoire avec une morale, je le crains. Mais, vous comprenez, le danger nucléaire s'accrut quand les États-Unis et l'Union soviétique eurent tous deux la bombe H, et j'étais de nouveau amer.

*

Fin 1957, je me trouvais à un autre tournant. Cela vint à peu près de cette façon :

Lorsque Walker, Boyd et moi avions écrit notre manuel, nous avions tous pour ce faire pris librement du temps sur nos heures de cours (bien que, naturellement, une bonne partie du travail eût débordé sur les soirées et les week-ends). C'était un essai savant, et cela faisait partie de notre travail.

Quand j'ai écrit *The Chemicals of Life*, j'ai eu l'impression que c'était aussi un essai savant, et j'y ai travaillé sans le moindre scrupule pendant mes heures de cours. J'ai travaillé aussi sur d'autres livres de ce genre pendant mes heures de cours[1]. Vers la fin de 1957, j'avais écrit de cette façon sept livres de non-fiction pour le grand public.

Pendant ce temps, pourtant, James Faulkner, le sympathique doyen, et Burnham S. Walker, le sympathique directeur du service, avaient démissionné, et on leur avait trouvé des remplaçants — qui me considéraient sans sympathie.

Le remplaçant du doyen Faulkner n'approuvait pas mes activités, et il avait un argument, je suppose. Dans mon ardeur à écrire de la non-fiction, j'avais complètement abandonné la recherche, et il pensait que c'était de la recherche que dépendait la réputation de l'école. Jusqu'à un certain point, c'est vrai, mais ce n'est pas *toujours* vrai, et, dans mon cas, ça ne l'était pas.

Nous avons eu une discussion, et j'ai exposé mon point de vue d'une manière franche et sans détours, comme me l'avait toujours enseigné mon père, qui est un homme simple.

— Monsieur, dis-je, comme écrivain je suis un homme éminent, et mes travaux donneront du lustre à l'école. Comme chercheur, je suis simplement compétent, et s'il est une chose dont l'école de médecine de la Boston University n'a nul besoin, c'est bien d'un chercheur simplement compétent de plus.

Je suppose que j'aurais pu me montrer plus diplomate, car

1. Je dois souligner, une fois encore, que je n'ai *jamais* travaillé sur de la science-fiction durant mes heures de cours.

cela sembla mettre fin à la discussion. Je fus rayé des feuilles d'émargement, et le semestre du printemps 1957 fut le dernier où je fis des cours dans des classes normales, après neuf ans passés à ce jeu-là.

Cela ne me dérangea pas beaucoup. En ce qui concernait le salaire de l'école, je m'en moquais. Même après deux augmentations, il n'atteignait que six mille cinq cents dollars par an, et mes travaux d'écrivain me rapportaient déjà considérablement plus.

Je ne m'inquiétais pas non plus d'avoir perdu l'occasion de faire de la recherche ; j'avais déjà abandonné la recherche. Quant à l'enseignement, mes essais (et même mes œuvres de science-fiction) étaient des formes d'enseignement qui me satisfaisaient plus, par leur grande variété, que l'enseignement d'une matière limitée. Je ne craignais même pas de regretter les rapports personnels qui s'établissent entre un conférencier et son auditoire, puisque depuis 1950, je m'étais établi comme conférencier professionnel, et que je commençais à gagner de cette façon de confortables honoraires.

Cependant, l'intention du nouveau doyen était de m'enlever mon titre, également, et de me mettre complètement à la porte de l'école. *Cela*, je ne voulais pas le tolérer. Je soutins que je méritais cet emploi, parce que j'étais devenu maître assistant en 1955, et qu'on ne pouvait m'enlever le titre sans raison. La bataille dura deux ans, et je la gagnai. Je conservais le titre, et je le conserve *encore* aujourd'hui. Je suis toujours maître assistant de biochimie à l'école de médecine de la Boston University.

Qui plus est, l'école en est maintenant heureuse. Mon adversaire a enfin pris sa retraite et est mort depuis. (Ce n'était pas vraiment un mauvais homme, nous ne voyions simplement pas les choses de la même façon.) Et afin de ne pas donner une fausse impression, je tiens à affirmer catégoriquement que, à l'exception d'une période mettant en cause une ou deux personnes, l'école, et toutes les personnes de l'école, m'ont toujours traité avec une extrême bienveillance.

Je n'enseigne donc plus et je ne suis pas sur la feuille d'émargement, mais c'est de mon propre chef. On m'a demandé d'y revenir d'une façon ou d'une autre un certain nombre de fois, mais j'ai expliqué pourquoi je ne le pouvais pas. Je fais des conférences à l'école quand on me le demande, et, le 19 mai 1974, j'ai prononcé le discours lors des cérémonies de fin d'études à l'école de médecine — tout est donc parfait, vous voyez.

Néanmoins, quand j'ai découvert que je disposais de temps, sans avoir à m'occuper de cours ni à me déplacer régulièrement pour aller de chez moi à l'école, mon premier mouvement a été de consacrer ce temps supplémentaire aux essais dont j'étais tombé amoureux, complètement, aveuglément et désespérément.

Souvenez-vous, aussi, que le 4 octobre 1957, *Spoutnik 1* avait été mis sur orbite, et, dans l'excitation qui suivit, je fus pris d'une grande ardeur pour les écrits scientifiques dont m'apparut l'importance pour le profane. Qui plus est, les propriétaires de journaux s'y intéressaient aussi passionnément, et, en un rien de temps, j'ai découvert que je m'étais lancé dans tant de projets qu'il me devenait difficile et même impossible de trouver du temps pour travailler à des projets importants de science-fiction et, hélas, cela s'est poursuivi jusqu'à aujourd'hui.

Notez-le bien, je n'ai pas totalement abandonné la science-fiction. Pas une seule année ne s'est écoulée qui ne m'a vu écrire quelque chose, fût-ce seulement deux petits textes. Le 14 janvier 1958, alors que je m'apprêtais à commencer mon dernier trimestre et avant d'avoir ressenti vraiment le contrecoup de ma décision, j'écrivis la nouvelle suivante pour Bob Mills, et son *Venture* à la vie (hélas) si brève. Elle parut dans le numéro de mai 1958.

*

Cher Jupiter

C'était un simulacre, bien sûr, mais si intelligemment conçu que les êtres humains qui avaient affaire à lui avaient depuis longtemps cessé de penser aux véritables entités d'énergie, attendant dans un flamboiement intense de leur « vaisseau » suspendu dans l'immensité à des kilomètres de la Terre.

Le simulacre doté d'une majestueuse barbe dorée et d'yeux écartés brun sombre, dit doucement :

— Nous comprenons vos hésitations et vos soupçons, et nous ne pouvons que continuer à vous assurer que nous ne vous voulons pas de mal. Nous vous avons, je pense, donné la preuve que nous habitions dans les halos coronaux des étoiles de spectre O ; que votre propre soleil est trop faible pour nous ; alors que vos planètes sont faites de matière solide et donc nous sont complètement et à tout jamais étrangères.

Le Négociateur terrestre (qui était ministre des Sciences et, d'un commun accord, avait été chargé des négociations avec les étrangers) dit :

— Mais vous avez reconnu que nous étions maintenant sur une de vos principales routes commerciales.

— Maintenant que notre nouveau monde de Kimmonoshek a créé de nouveaux champs de fluide protonique, oui.

— Eh bien, dit le ministre, ici sur Terre, des positions sur des routes commerciales peuvent acquérir une importance militaire hors de proportion avec leur valeur intrinsèque. Je ne peux que répéter, alors, que, pour gagner notre confiance, vous devez nous dire exactement pourquoi vous avez besoin de Jupiter.

Et comme toujours, quand la question, sous une forme ou une autre, était posée, le simulacre eut l'air peiné.

— Le secret est important. Si les gens de Lamberj…

— Tout juste, dit le ministre. Pour nous, cela ressemble fort à la guerre. Vous et ce que vous appelez les gens de Lamberj…

— Mais, dit le simulacre précipitamment, nous vous offrons de payer on ne peut plus cher. Vous n'avez colonisé que les planètes intérieures de votre système, et elles ne nous intéressent pas. Nous vous demandons le monde que vous appelez Jupiter sur lequel, si je comprends bien, votre peuple ne peut espérer vivre, ni même atterrir. Ses dimensions (il rit avec indulgence) sont trop grandes pour vous.

Le ministre, qui détestait cet air de condescendance, dit d'un air guindé :

— Les satellites de Jupiter sont pourtant des endroits pratiques pour la colonisation, et nous avons l'intention de les coloniser à brève échéance.

— Mais les satellites ne seront en aucune façon perturbés. Ils sont à vous dans tous les sens du terme. Nous ne demandons que Jupiter, un monde dénué de toute utilité pour vous, et que nous proposons de vous payer cher. Vous comprenez sûrement que nous aurions pu prendre votre Jupiter, si nous l'avions voulu, sans votre permission. Nous préférons payer et conclure un traité légal, c'est tout. Cela évitera des discussions dans l'avenir. Comme vous le voyez, je suis totalement franc.

— Pourquoi voulez-vous Jupiter ? demanda le ministre avec entêtement.

— Les Lamberj…

— Êtes-vous en guerre avec les Lamberj ?

— Ce n'est pas vraiment…

— Parce que vous comprenez que, si c'est la guerre et si vous établissez une sorte de base fortifiée sur Jupiter, les Lamberj peuvent, à juste titre, s'en offenser et user de représailles contre nous pour vous avoir accordé cette permission. Nous ne pouvons nous permettre d'être impliqués dans une telle affaire.

— Je ne vous demande pas non plus d'y être impliqués. Ma parole qu'il ne vous arrivera aucun mal. Sûrement (il revenait encore là-dessus) nous sommes prêts à payer cher : chaque année, des blocs générateurs en nombre suffisant pour fournir à votre monde de quoi satisfaire ses besoins en énergie pendant toute l'année.

— À condition, dit le ministre, que les accroissements futurs de la consommation d'énergie soient pris en compte.

— Jusqu'au chiffre de cinq fois le total actuel. Oui.

— Eh bien, donc, comme je vous l'ai dit, je suis un haut fonctionnaire du gouvernement, et on m'a accordé des pouvoirs considérables pour traiter avec vous… mais pas un pouvoir illimité. Personnellement, je suis enclin à vous faire confiance, mais je ne peux accepter vos conditions sans savoir exactement pourquoi vous voulez Jupiter. Si l'explication est plausible et convaincante, je peux peut-être persuader nos gouvernants, et à travers eux, notre peuple, d'accepter l'accord. Si j'acceptais de conclure un tel arrangement sans une telle explication, je serais tout simplement mis à la porte du bureau, et la Terre refuserait d'honorer le traité. Vous pourriez alors, comme vous dites, prendre Jupiter par la force, mais vous le posséderiez illégalement, et vous avez dit que vous ne le vouliez pas.

Le simulacre fit claquer sa langue avec impatience.

— Je ne peux poursuivre éternellement ces querelles ridicules. Les Lamberj… Il s'arrêta de nouveau, puis il dit : Ai-je votre parole d'honneur que tout cela n'est pas un stratagème inspiré par les Lamberj pour nous retarder jusqu'à ce que…

— Ma parole d'honneur, dit le ministre.

Le ministre des Sciences se redressa, en s'essuyant le front et en paraissant rajeuni de dix ans.

— Je lui ai dit, expliqua-t-il doucement, que son peuple pourrait l'avoir dès que j'aurais l'accord formel du président. Je ne pense pas qu'il s'y opposera, et le Congrès non plus. Grand Dieu, messieurs, pensez-y. L'énergie gratuite à portée de nos mains en échange d'une planète dont nous ne pourrons jamais, nous servir, en aucun cas.

Le ministre de la Défense, que ses griefs faisaient virer au cramoisi, dit :

— Mais nous étions convenus que seule une guerre Mizzarett-Lamberj pouvait expliquer leur besoin d'avoir Jupiter. Dans ces circonstances, et si l'on compare leur potentiel militaire au nôtre, une stricte neutralité est essentielle.

— Mais il n'y a pas de guerre, dit le ministre des Sciences. Le simulacre a présenté une autre explication si plausible et si rationnelle que je l'ai acceptée sur-le-champ. Je pense que le président sera d'accord avec moi et vous aussi, messieurs, quand vous comprendrez. En fait, j'ai ici leurs plans pour le nouveau Jupiter, tel qu'il sera bientôt.

Les autres se levèrent de leur siège, en poussant des clameurs.

— Un nouveau Jupiter ? dit le ministre de la Défense, le souffle coupé.

— Pas très différent de l'ancien, messieurs, dit le ministre des Sciences. Voici les croquis fournis sous une forme propre à être examinée par des êtres de matière tels que nous.

Il les étala. La planète familière zébrée de rayures était là devant eux sur un des croquis : jaune, vert pâle, et brun clair avec des raies blanches ondulées çà et là, et le tout sur la toile de fond de velours tacheté de l'espace. Mais en travers des rayures se trouvaient des stries d'un noir aussi velouté que la toile de fond, qui formaient un curieux dessin.

— Cela, dit le ministre des Sciences, est le côté diurne de la planète. Nous avons le côté nocturne sur l'autre croquis. (Là, Jupiter était un pâle croissant enserrant l'obscurité, et, au sein de cette obscurité, on retrouvait les mêmes stries minces qui formaient un dessin semblable, mais, cette fois, d'un orange éclatant et phosphorescent.)

— Les marques, dit le ministre des Sciences, sont un phénomène essentiellement optique, m'a-t-on dit, qui ne suivra pas la rotation de la planète, mais restera statique dans sa frange atmosphérique.

— Mais qu'est-ce que c'est ? demanda le ministre du Commerce.

— Vous comprenez, dit le ministre des Sciences, notre système solaire se trouve maintenant sur une de leurs principales routes commerciales. En une seule journée, sept de leurs vaisseaux, au moins, passent à quelques centaines de millions de kilomètres du système, et lors de ce passage, chaque vaisseau a les principales planètes sous contrôle télescopique. Curiosité touristique, voyez-vous. Les planètes solides de toute taille sont des merveilles pour eux.

— Quel rapport cela a-t-il avec ces marques ?

— C'est une forme de leur écriture. Traduites, ces marques veulent dire : « Le Zénith d'Ergone Mizzarett, c'est la Santé et l'Ardeur rayonnante. »

— Vous voulez dire que Jupiter va devenir un panneau publicitaire ? explosa le ministre de la Défense.

— Oui. Les gens de Lamberj, semble-t-il, produisent un comprimé d'ergone concurrentiel, ce qui justifie le désir de Mizzarett d'obtenir la pleine propriété légale de Jupiter — en cas de poursuites judiciaires venant de Lamberj. Heureusement, les Mizzarett sont novices dans l'art de la publicité, semble-t-il.

— Pourquoi dites-vous cela ? demanda le ministre de l'Intérieur.

— Ma foi, ils ont négligé de prendre une série d'options sur les autres planètes. Le panneau d'affichage de Jupiter fera de la publicité pour notre système, tout autant que pour leur propre production. Et quand les gens de Lamberj qui sont leurs concurrents arriveront en tempêtant pour vérifier le titre des Mizzarett sur Jupiter, nous aurons Saturne à leur vendre, *à eux. Avec* ses anneaux. Comme il nous sera aisé de le leur expliquer, les anneaux feront de Saturne un bien meilleur spectacle.

— Et donc, dit, soudain rayonnant, le ministre des Finances, valant *bien* plus cher.

Et ils eurent soudain tous l'air très gai.

Cher Jupiter n'était pas le titre que j'avais donné à cette nouvelle. D'ordinaire, je suis indigné quand le directeur d'un magazine change le titre que j'ai choisi, et je le change de nouveau quand le texte paraît dans un de mes recueils, et de plus je rouspète à ce propos dans le commentaire… Mais pas cette fois.

J'avais appelé la nouvelle *Ça paie*, un titre absolument banal. Bob Mills, sans même me consulter, le transforma tranquillement en *Cher Jupiter* et j'en tombai amoureux dès que mon attention fut attirée sur ce changement. Pour un faiseur de calembours comme moi, c'est un titre parfait pour la nouvelle… si parfait que je l'ai donné à ce recueil tout entier, lequel, comme vous le savez, est *Cher Jupiter*.

C'est à Bob Mills que revient cet honneur.

*

Durant ces premières années, au cours desquelles je voyais, avec une certaine dose d'horreur mêlée d'inquiétude, ma production de science-fiction commencer à baisser, je me trouvais de temps en temps dans un état de frousse intense.

Se pourrait-il que je ne fusse plus du tout capable d'écrire de la science-fiction ? Supposons que j'*aie voulu* écrire de la science-fiction… en étais-je capable ?

Le 23 juillet 1958, je me dirigeais en voiture vers Marshfield, dans le Massasuchetts, pour y passer trois semaines de vacances que je redoutais (je redoute toutes les vacances). Je me mis délibérément à combiner un plan pour éloigner mon esprit de ces vacances… et pour voir si j'y parviendrais. *Une statue pour Père* en fut le résultat. Je vendis la nouvelle à un nouveau magazine, *Satellite Science Fiction*, et elle parut dans le numéro de février 1959.

Une statue pour Père

Première fois ? Vraiment ? Mais bien sûr vous en avez entendu parler. Oui, j'en étais sûr.

Si vous avez vraiment envie de la connaître, croyez-moi, je serais ravi de vous la raconter. C'est une histoire que j'ai toujours aimé raconter, mais peu de gens m'en donnent l'occasion. On m'a même conseillé de me montrer d'une discrétion absolue. Elle va à l'encontre des légendes qui s'établissent sur mon père.

Pourtant, je crois à la valeur de la vérité. Il y a une morale à cela. Un homme peut passer sa vie à consacrer son énergie à la seule satisfaction de sa curiosité personnelle et puis, tout à fait par hasard, sans jamais avoir voulu quoi que ce soit de la sorte, se retrouver bienfaiteur de l'humanité.

Papa n'était qu'un homme qui faisait de la physique pure. Il se consacrait à l'étude du voyage temporel. Je ne crois pas qu'il ait jamais pensé à ce que le voyage temporel pouvait signifier pour l'*homo sapiens*. Il n'avait de curiosité que pour les rapports mathématiques qui régissaient l'univers.

Vous avez faim ? Tant mieux. J'imagine que ça prendra à peu près une demi-heure. Les choses doivent être faites au mieux pour un fonctionnaire tel que vous. C'est une question de fierté.

Au commencement, papa était pauvre comme seul

peut l'être un professeur d'université. Par la suite, pourtant, il devint riche. Dans les dernières années avant sa mort, il était fabuleusement riche, et quant à moi, mes enfants et mes petits-enfants... ma foi, vous pouvez en juger vous-même.

On lui a élevé des statues, aussi. La plus ancienne est sur le flanc de la colline, là où il a fait sa découverte. Vous pouvez la voir de la fenêtre. Oui. Pouvez-vous déchiffrer l'inscription ? Ma foi, nous sommes sous un mauvais angle. Qu'importe !

Au moment où papa se lança dans des recherches sur le voyage dans le temps, l'ensemble du problème avait été abandonné par la plupart des physiciens. Cela avait commencé avec éclat quand les premiers chrono-entonnoirs furent installés.

Vraiment, il n'y a pas grand-chose à voir. Ils sont absolument irrationnels et incontrôlables. Ce qu'on voit est distordu et tremblotant, soixante centimètres de large au maximum, et cela disparaît rapidement. Essayer de faire le point sur le passé revient à essayer de faire le point sur une feuille prise dans un ouragan en folie.

On a essayé d'accrocher des grappins dans le passé, mais c'était tout aussi imprévisible. Parfois, on y parvenait pendant quelques secondes avec un homme qui appuyait de toutes ses forces sur le grappin. Mais, le plus souvent, le plus expérimenté des foreurs n'aurait pu le faire passer à travers. On n'obtint jamais rien du passé jusqu'à. Eh bien, j'y arrive.

Après cinquante ans de stagnation, les physiciens s'en désintéressèrent complètement La technique opérationnelle semblait absolument sans avenir. Une impasse. Honnêtement, je ne peux pas dire que je les blâme quand je regarde en arrière. Quelques-uns ont même essayé de montrer que les entonnoirs ne dévoilaient pas vraiment le passé, mais il y avait eu trop d'animaux vivants observés dans les entonnoirs… d'animaux maintenant disparus.

En tout cas, alors que le voyage dans le temps était presque oublié, papa intervint. Il persuada le gouvernement de lui donner une subvention pour installer un chrono-entonnoir de son cru, et il s'attaqua au sujet en repartant de zéro.

Je l'ai aidé en ce temps-là. J'étais frais émoulu de l'université, avec mon propre doctorat en physique.

Cependant, nos efforts combinés se heurtèrent, au bout d'un an environ, à de sérieux ennuis. Papa eut des difficultés pour faire renouveler sa subvention. Cela n'intéressait pas l'industrie, et les membres de l'université estimèrent qu'il salissait leur réputation en axant toutes ses recherches sur un domaine sans avenir. Le doyen de l'université, qui ne s'attachait qu'aux fins financières de l'érudition, commença par lui suggérer de s'orienter vers des domaines plus lucratifs et finit par le mettre à la porte.

Bien sûr, le doyen — qui vit encore et qui comptait encore les dollars de subvention quand papa est mort — se sentit probablement plutôt ridicule, j'imagine, quand papa légua à l'école un million de dollars nets, avec un codicille dans son testament annulant le legs pour la raison que le doyen manquait d'imagination. Mais ce n'était là qu'une vengeance posthume. Pendant des années avant cela…

Je ne veux pas vous donner d'ordres, mais je vous en prie *ne prenez plus de pain. La soupe claire, absorbée lentement pour ne pas couper l'appétit, fera l'affaire.*

En tout cas, nous nous sommes arrangés. Papa a gardé l'équipement que nous avions acheté avec l'argent de la subvention, nous l'avons déménagé de l'université et mis en place ici.

Ces premières années d'indépendance furent très dures, et je continuais à le pousser à abandonner. Il était indomptable, et il s'arrangeait toujours pour trouver un millier de dollars quelque part quand il en avait besoin.

La vie continuait, mais il ne permettait à rien de troubler ses recherches. Mère mourut ; papa la pleura et revint à son travail. Je me suis marié, j'ai eu un fils, puis une fille, et je ne pouvais pas être toujours auprès de lui. Il continua sans moi. Il se cassa la jambe, et il travailla pendant des mois avec un plâtre qui le gênait.

Je lui laisse donc tout le mérite. Je l'ai aidé, bien sûr. J'ai joué le rôle de conseil par-dessus le marché et j'ai mené les négociations avec Washington. Mais c'est lui qui fut la vie et l'âme du projet.

Malgré tout, nous n'aboutissions à rien. Tout l'argent que nous nous arrangions pour barboter aurait pu tout aussi bien être versé dans un des chrono-entonnoirs… je ne veux pas dire qu'il serait passé au travers.

Après tout, nous ne sommes jamais parvenus à passer un grappin dans un entonnoir. Nous en avons été à deux doigts une seule fois. Notre grappin était sorti d'environ cinq centimètres de l'autre côté quand la mise au point changea. Il se cassa net et, quelque part dans le mésozoïque, il y a un morceau de tige d'acier manufacturé qui rouille sur la berge d'un fleuve.

Puis un jour, le jour crucial, la mise au point tint pendant dix longues minutes — une chose qui avait une chance sur un milliard de se produire. Mon Dieu, les transports d'excitation que nous éprouvâmes quand nous installâmes les caméras. Nous pouvions voir des créatures vivantes qui s'agitaient frénétiquement de l'autre côté de l'entonnoir.

Puis, pour couronner le tout, le chrono-entonnoir devint perméable, à tel point que nous aurions pu jurer qu'il n'y avait que de l'air entre le passé et nous. La basse perméabilité devait être liée à la fixation de la mise au point, mais nous n'avons jamais pu le prouver.

Naturellement, nous n'avions pas de grappin sous la main, c'était bien notre chance. Mais la basse perméabilité était assez nette puisque quelque chose passa au travers, tombant du *jadis* dans le *maintenant*. Sidéré, mû uniquement par un instinct aveugle, je tendis la main et l'attrapai.

À ce moment-là, nous perdîmes la mise au point, mais cela ne nous laissa pas, cette fois, ulcérés et désespérés. Nous regardâmes tous deux, faisant les plus folles suppositions, ce que je tenais. C'était une masse de boue agglutinée et séchée, coupée net là où elle avait frappé les bords du chrono-entonnoir, et, sur la croûte de la boue, il y avait quatorze œufs, approximativement de la taille d'œufs de canard.

— Des œufs de dinosaures ? dis-je. Crois-tu que c'en est vraiment ?

— Peut-être, dit papa. Je ne peux le dire avec certitude.

— Et si nous les couvions, dis-je, soudain excité de façon presque incontrôlable.

Je les posai comme s'ils étaient en platine. Ils étaient chauds au toucher, empreints de la chaleur du soleil des premiers âges. Je dis :

— Papa, si nous les couvons, nous aurons des créatures qui ont disparu depuis plus d'une centaine de millions d'années. Ce sera le premier cas où l'on aura vraiment fait sortir quelque chose du passé. Si nous annonçons cela…

Je pensais aux subventions que nous pourrions avoir, à la publicité, à tout ce que cela signifierait pour papa. Je voyais l'air de consternation se peindre sur le visage du doyen.

Mais papa voyait les choses sous un jour différent.

— Pas un mot, mon fils, dit-il fermement. Si cela se sait, nous aurons vingt équipes de recherche sur la piste des chrono-entonnoirs, et elles m'empêcheront de progresser. Non, lorsque j'aurai résolu l'énigme des entonnoirs, tu pourras annoncer tout ce que tu voudras. Jusque-là… nous gardons le silence. Mon fils, ne prends pas cet air. J'aurai la réponse dans un an. J'en suis sûr.

J'étais un peu moins confiant, mais ces œufs, j'en étais convaincu, nous fourniraient toutes les preuves dont nous aurions besoin. Je bâtis un grand four à la température du sang. J'y fis circuler l'air et l'humidité. J'installai un dispositif d'alarme qui devait sonner dès le premier signe de mouvement dans les œufs.

Ils ont éclos à trois heures du matin quatre-vingt-dix jours plus tard, et les voilà… quatorze minuscules kangourous, avec des écailles verdâtres, des pattes postérieures à griffes, de petites cuisses grassouillettes, et des queues minces en mèche de fouet.

J'ai d'abord pensé que c'étaient des tyrannosaures, mais ils étaient trop petits pour ce genre de dinosaures. Les mois passèrent, et je m'aperçus qu'ils n'allaient pas devenir plus grands que des chiens de taille moyenne.

Papa semblait déçu, mais je tins bon, espérant qu'il me laisserait les utiliser à des fins de publicité. L'un mourut avant d'être adulte, et un autre fut tué dans une bagarre. Mais les douze autres survécurent — cinq mâles et sept femelles. Je les nourris de carottes coupées en rondelles, d'œufs à la coque, et de lait, et je me mis à ressentir une véritable affection pour eux. Ils étaient affreusement stupides et pourtant gentils. Et ils étaient vraiment beaux. Leurs écailles…

Oh ! ma foi, c'est idiot de les décrire ! Ces films publicitaires sont passés partout. Pourtant, maintenant que j'y pense, je ne sais pas si sur Mars… Oh ! là, aussi ! Enfin, bon.

Mais il fallut beaucoup de temps pour que les films fassent impression sur le public, sans parler de la vue des créatures en chair et en os. Papa demeurait intransigeant. Une année passa, puis deux, et finalement trois. Nous n'avions vraiment pas de chance avec les chrono-entonnoirs. La chance unique ne se répéta pas, et pourtant papa ne voulait pas céder.

Cinq de nos femelles pondirent des œufs et j'eus bientôt plus de cinquante de ces créatures.

— Qu'allons-nous en faire ? demandai-je.

— Les tuer, dit-il.

Mais, voilà, je n'en étais pas capable, bien entendu.

Henri, est-ce que ce sera bientôt prêt. Bon.

Nous étions à bout de ressources quand cela se produisit. Nous n'avions plus d'argent disponible. J'avais frappé à toutes les portes et j'avais essuyé partout des refus. J'étais même heureux parce qu'il me semblait que papa devrait maintenant mettre les pouces. Mais, le menton énergiquement et indomptablement dressé, il mit froidement au point une nouvelle expérience.

Je vous jure que si l'accident n'était pas arrivé, la

vérité nous aurait échappé pour toujours. L'humanité aurait été privée d'un de ses plus grands bienfaits.

Cela se passe ainsi parfois. Perkin repère du violet dans ses cochonneries huileuses et se ramène avec les colorants à base d'aniline. Remsen met un doigt sale dans sa bouche et découvre la saccharine. Goodyear laisse tomber une mixture sur le poêle et trouve le secret de la vulcanisation.

Pour nous, ce fut un dinosaure pas encore adulte traînant dans le principal laboratoire de recherche. Ils étaient devenus si nombreux que je ne pouvais pas les avoir toujours à l'œil.

Le dinosaure alla tout droit se coller entre deux pôles alors qu'il se trouvait que le courant était mis — juste à l'endroit où se situe maintenant la plaque immortalisant l'événement. Je suis persuadé qu'un tel hasard ne pourrait se reproduire en mille ans. Il y eut un éclair aveuglant, un sacré court-circuit, et le chrono-entonnoir qui venait juste d'être mis en marche disparut dans un arc-en-ciel d'étincelles.

Sur le moment même, vraiment, nous n'avons pas su exactement ce qui nous arrivait. Tout ce que nous savions, c'était que la créature avait produit un court-circuit et qu'elle avait peut-être détruit deux cent mille dollars d'équipement et que, financièrement, nous étions complètement fichus. Tout ce que nous pouvions montrer pour ce prix, c'était un dinosaure totalement rôti. Nous étions un peu brûlés superficiellement, mais c'était sur le dinosaure que s'était concentrée toute la puissance du champ. Nous pouvions le sentir. L'air était empli de son odeur. Papa et moi nous sommes regardés, stupéfaits. Je le ramassai délicatement avec une paire de pinces. C'était noir et carbonisé sur le dessus, mais les écailles brûlées se détachèrent dès que je les touchai, en emportant la peau avec. Sous le noir, il y avait une chair blanche et ferme qui ressemblait à du poulet.

Je ne pus résister à la tentation de le goûter, et ça ressemblait à du poulet, à peu près comme Jupiter ressemble à un astéroïde.

Croyez-moi si vous voulez, mais, avec notre travail scientifique réduit à un amas de gravats, nous nous sommes assis là, au septième ciel, et nous avons dévoré le dinosaure. Il y avait des parties brûlées et d'autres presque crues. Ce n'était pas assaisonné. Mais nous ne nous sommes pas arrêtés avant d'avoir nettoyé les os.

— Papa, dis-je finalement, il faut que nous en fassions l'élevage avec éclat et systématiquement à des fins alimentaires.

Papa dut accepter. Nous étions complètement ruinés.

J'ai obtenu un prêt de la banque en invitant le président à dîner et en lui offrant du dinosaure.

Ça a toujours marché. Quiconque a goûté une fois ce que nous appelons maintenant du « dinopoulet » ne peut plus s'accommoder de l'ordinaire. Un repas sans dinopoulet est un repas que nous avalons uniquement pour survivre. La seule vraie *nourriture* est le dinopoulet.

Notre famille possède encore le seul troupeau de dinopoulets qui existe, et nous sommes les seuls fournisseurs de la chaîne mondiale de restaurants — c'est la première et la plus ancienne — qui s'est développée à partir de ça.

Pauvre papa ! Il n'a jamais été heureux, sauf en ces seuls moments où il mangeait du dinopoulet. Il continuait à travailler sur les chrono-entonnoirs et il créa ainsi vingt autres équipes de chercheurs qui, comme il avait prédit que cela se passerait, se précipitèrent au travail. Pourtant, jusqu'à aujourd'hui, elles n'ont jamais rien trouvé. Rien, *à l'exception* du dinopoulet.

Ah ! Pierre, merci. Un travail extraordinaire ! Maintenant, monsieur, si vous voulez me permettre de découper. Pas de sel, maintenant, et juste une goutte de sauce. C'est parfait... Ah ! c'est exactement l'expression que je vois toujours sur le visage d'un homme qui goûte pour la première fois à ce délice.

Une humanité reconnaissante versa une contribution de cinquante mille dollars pour qu'on dresse la statue sur le flanc de la colline, mais même cet hommage ne parvint pas à rendre papa heureux.

Tout ce qu'il lui fut donné de voir fut l'inscription : l'homme qui a donné le dinopoulet au monde.

Vous voyez, au jour de sa mort, il ne voulait qu'une seule chose : trouver le secret du voyage dans le temps. Bien qu'il fût un bienfaiteur de l'humanité, il mourut sans avoir satisfait sa curiosité.

Mon titre original était *Bienfaiteur de l'humanité*, titre qui, à mon sens, fleurait bon l'ironie, et j'ai râlé quand Leo Margulies de *Satellite* a changé ce titre. Quand *The Saturday Evening Post* m'a demandé la permission de reprendre cette nouvelle (elle parut dans le numéro de mars-avril 1973 du magazine), j'ai posé comme condition qu'on lui rende son titre original. Mais, quand je vis mon propre titre imprimé, j'y réfléchis et j'en conclus que le titre de Léo était meilleur. Elle paraît donc de nouveau ici sous le titre *Une statue pour Père*.

*

À propos, Bob Mills, dont j'ai parlé au sujet de *Cher Jupiter*, était un de mes amis intimes quand il travaillait avec *F & SF* et avec *Venture*. Il ne fait pas non plus partie des gens avec qui j'ai perdu contact. Il a vendu son âme au diable, et il est maintenant agent littéraire, mais nous nous voyons de temps en temps, et nous sommes restés bons amis.

C'est également Bob qui a contribué à me faire bifurquer vers les essais. Puisque je détestais écrire des œuvres de recherche, je me mis, en 1953, à écrire des œuvres d'imagination sur la chimie pour le *Journal of Chemical Education*. J'en avais écrit environ une demi-douzaine quand il me vint à l'idée que je ne leur apportais rien et que je ne touchais pas mes lecteurs.

Je me mis donc à écrire des articles de non-fiction pour les magazines de science-fiction ; des articles qui me donnaient un plus vaste champ d'action et me permettaient une bien plus grande diversité que ne le pouvait un journal érudit. Le premier fut *Hemoglobin and the Universe* qui parut dans *Astounding* de février 1955.

Pourtant, en septembre 1957, Bob Mills m'appela au téléphone pour me demander si je voulais faire un véritable article scientifique pour *Venture*. J'acceptai avec empressement, et le premier, *Fecundity Limited*, parut dans *Venture* de janvier 1958.

Hélas, *Venture* ne tint que quelques numéros avant de couler, mais on me demanda alors de tenir la même rubrique régulière dans *F & SF.* Je commençai par *Dust of Ages* qui parut dans le numéro de novembre 1958.

F & SF se maintint et prospéra. On m'avait d'abord demandé une rubrique de mille cinq cents mots, ce qui était la longueur de celles de *Venture* et de la première de *F & SF.* On me demanda rapidement d'aller jusqu'à quatre mille mots, et, à partir de *Catching Up With Newton*, dans le numéro de décembre 1958 de *F & SF*, elles furent plus longues.

F & SF eut un succès stupéfiant. Mon deux centième article dans la revue a paru dans le numéro de juin 1975 de *F & SF.* Jusqu'ici je n'ai pas sauté un seul numéro, et il se peut que ce soit la plus longue série d'articles écrits par un auteur (autre que le rédacteur en chef) qui ait jamais paru dans un magazine de science-fiction. Ces articles sont réunis périodiquement en recueils d'essais par Doubleday, lesquels atteignent actuellement le chiffre de onze.

Le plus important de tout, pourtant, c'est l'amusement que me donnent ces articles mensuels. Jusqu'à ce jour, ils m'ont procuré plus de plaisir que n'importe quelle autre tâche à laquelle je me suis astreint. J'ai constamment un ou deux mois d'avance sur la date prévue, parce que je ne peux pas attendre, mais les directeurs ne semblent pas y prêter attention.

D'une certaine façon, c'est Bob Mills qui m'a aidé à trouver le style actuel de mes articles, un style absolument sans cérémonie qui s'est infiltré aussi dans mes recueils de fiction (comme en témoigne ce livre). Alors que j'écrivais cette rubrique pour Mills, j'étais pour lui « le bon docteur », et je l'appelais « le cher directeur », et nous nous amusions à nous faire marcher mutuellement dans des notes en bas de page jusqu'à ce qu'il abandonne son poste. (Non, il n'y a pas eu de relation de cause à effet.)

En tout cas, les articles m'ont aidé à acquérir de l'assurance sur le plan des essais, et il m'a été plus difficile de me mettre à la fiction. Bob, comme vous devez le comprendre, n'approuvait pas que je renonce à la fiction. Parfois, il me suggérait des intrigues pour des nouvelles afin de me pousser à écrire, et parfois ses suggestions me plaisaient. Par exemple, c'est d'une de ses suggestions que naquit *Jusqu'à la quatrième génération*[2], qui parut dans le numéro d'avril de *F & SF*, et qui fut alors inclus dans *Nightfall and Other Stories*. Cette nouvelle est une de celles que je préfère.

J'ai pensé qu'il m'avait donné l'idée d'un autre gros succès quand j'ai utilisé une de ses suggestions pour *Pluie, pluie, va-t'en !* Je l'ai écrite le 1er novembre 1958, je la lui ai soumise le 2 novembre, et il l'a refusée le 3 novembre. Cher directeur, vraiment !

J'ai réussi pourtant, en fin de compte, à la caser, et elle a paru dans le numéro de septembre 1959 de *Fantastic Universe Science Fiction*.

Pluie, pluie, va-t'en !

— La voilà encore, dit Lilian Wright en réglant soigneusement les stores vénitiens. La voilà, George.

— Voilà qui ? demanda son mari, en essayant d'obtenir un contraste satisfaisant sur son écran de télévision avant de s'installer pour regarder son match de base-ball.

— Mme Sakkaro, dit-elle, et pour prévenir l'inévi-

0. Publié dans le recueil du même nom, Présence du Futur, Éditions Denoël. *(N.d.T.)*

table « Qui est-ce ? » de son mari, elle ajouta vivement : Les nouveaux voisins, pour l'amour de Dieu.

— Ah !

— Qui prend des bains de soleil. Qui prend toujours des bains de soleil. Je me demande où est son fils. Il est généralement dehors par un beau jour comme aujourd'hui, dans leur immense cour, à lancer son ballon contre la maison. L'as-tu déjà vu, George ?

— Je l'ai entendu. C'est une version de la torture chinoise de l'eau. Bang sur le mur, biff sur le sol, smack dans la main. Bang, biff, smack, bang, biff...

— C'est un *gentil* garçon, calme et bien élevé. J'aimerais que Tommy se lie d'amitié avec lui. Il a l'âge qui convient, aussi, dans les dix ans, d'après moi.

— Je ne savais pas que Tommy était trop timide pour se faire des amis.

— Ma foi, c'est difficile avec les Sakkaro. Ils font bande à part. Je ne sais même pas ce que fait M. Sakkaro.

— Pourquoi le saurais-tu ? Ce qu'il fait ne regarde vraiment personne.

— C'est bizarre que je ne l'aie jamais vu se rendre à son travail.

— Personne ne me voit jamais me rendre à mon travail.

— Tu restes à la maison pour écrire. Que fait-il, *lui* ?

— Je suppose que Mme Sakkaro sait ce que fait

M. Sakkaro et qu'elle est absolument bouleversée parce qu'elle ne sait pas ce que je fais, *moi.*

— Oh ! George. Lillian s'éloigna de la fenêtre et jeta un regard dégoûté vers la télévision (Schœndienst était à la batte). Je pense que nous devrions faire un effort. C'est une question de rapports entre voisins.

— Quel genre d'effort ?

George était maintenant bien installé sur le divan, avec, dans une main, une grande bouteille de Coca-cola fraîchement ouverte et toute givrée.

— Pour les connaître.

— Ma foi, ne l'as-tu pas fait, dès qu'ils ont emménagé ? Tu as dit que tu avais téléphoné.

— J'ai dit salut, mais, ma foi, elle venait juste d'emménager, et la maison était encore tout en désordre, alors ça ne pouvait guère aller plus loin, juste, salut. Ça fait deux mois maintenant, et c'en est encore à salut, de temps en temps… Elle est si bizarre.

— Ah, oui ?

— Elle regarde toujours le ciel. Je l'ai vue le faire une centaine de fois, et elle ne sort jamais quand il y a le plus petit nuage. Une fois, alors que son fils jouait dehors, elle lui a crié de rentrer, en hurlant qu'il allait pleuvoir. Je l'ai entendue par hasard, et j'ai pensé, mon Dieu, c'est bien ma chance, et moi avec ma lessive étendue, alors je me suis précipitée dehors et, tu sais quoi, il faisait plein soleil. Oh ! il y avait quelques nuages, mais rien, vraiment.

— A-t-il plu, en fin de compte ?

— Bien sûr que non. J'étais tout simplement sortie en courant dans la cour pour rien.

George était tout occupé par deux coups sûrs et par un cafouillage impardonnable qui se termina par un point. Quand l'excitation fut retombée et comme le lanceur essayait de recouvrer son sang-froid, George cria à Lillian qui avait disparu dans la cuisine :

— Ma foi, comme ils viennent de l'Arizona, je suppose qu'ils ne connaissent pas d'autres sortes de nuages de pluie.

Lilian revint de la cuisine en faisant claquer ses hauts talons.

— D'où ?

— De l'Arizona, selon Tommy.

— Comment Tommy l'a-t-il su ?

— Il a parlé à leur fils, entre deux lancers de ballon, j'imagine, et il a dit à Tommy qu'ils venaient de l'Arizona, puis on a appelé le garçon pour qu'il rentre. Du moins, Tommy dit que ce pourrait être l'Arizona, ou peut-être l'Alabama, ou une région de ce genre. Tu connais Tommy et ses trous de mémoire. Mais si le temps les rend si nerveux, j'imagine que c'est bien l'Arizona et qu'ils ne savent pas comment s'accommoder d'un bon climat pluvieux comme le nôtre.

— Mais pourquoi ne me l'as-tu jamais dit ?

— Parce que Tommy ne me l'a dit que ce matin, et parce que je pensais qu'il t'en avait déjà parlé et, pour te dire toute la vérité, parce que je pensais que tu serais parvenue à traîner une existence normale même si tu ne l'avais jamais su. Formidable…

La balle entra majestueusement dans les tribunes à droite du champ et voilà pour le lanceur. Lillian retourna aux stores vénitiens et dit :

— Je voudrais simplement faire sa connaissance. Elle a l'air *très* gentille… Oh ! mon Dieu, regarde ça, George.

George ne regardait que la télévision.

— Je sais qu'elle regarde ce nuage, poursuivit Lillian. Et maintenant, elle va rentrer. Tu te rends compte.

Deux jours plus tard, George était sorti chercher de la documentation à la bibliothèque, et il rentra chez lui avec un gros tas de livres. Lillian l'accueillit, jubilante.

— Dis donc, tu ne fais rien demain, dit-elle.

— Cela a l'air d'être une affirmation, pas une question.

— C'*est* une affirmation. Nous allons avec les Sakkaro au parc de Murphy.

— Avec…

— Avec nos voisins de la porte à côté, George. *Comment* se fait-il que tu ne te souviennes jamais du nom ?

— C'est un de mes talents. Comment est-ce arrivé ?

— Je suis allée jusqu'à leur maison, ce matin, et j'ai sonné.

— Si facile que ça ?

— Ça n'a pas été facile. Ça a été difficile. J'étais là, nerveuse, le doigt sur la sonnette, et puis j'ai pensé qu'appuyer sur la sonnette serait plus facile que de voir la porte s'ouvrir et de me faire prendre, là, plantée comme une idiote.

— Et elle ne t'a pas mise à la porte à coup de pied dans le derrière ?

— Non. Elle a été gentille au possible. M'a invitée à entrer, savait qui j'étais, a dit qu'elle était si heureuse que je sois venue lui rendre visite. Tu vois.

— Et tu as suggéré que nous allions au parc de Murphy.

— Oui. J'ai pensé que si je suggérais quelque chose qui ferait plaisir aux enfants, il lui serait plus facile d'être d'accord avec moi. Elle n'aurait pas voulu faire manquer une occasion à son fils.

— Une psychologie de mère.

— Mais tu devrais voir sa maison.

— Ah ! Il y avait une raison à tout cela. Je vais tout savoir. Tu voulais faire un voyage avec l'agence Cook. Mais, je t'en prie, épargne-moi le détail des coloris. Je ne m'intéresse pas aux dessus-de-lit, et la dimension des placards est une matière dont je peux me passer.

Le secret de leur bonheur conjugal résidait dans le fait que Lillian ne prêtait pas attention à ce que disait George. Elle entra dans le détail des coloris, se montra des plus précises à propos des dessus-de-lit, et lui fit une description centimètre par centimètre de la taille des placards.

— Et *propre* ? Je n'ai jamais vu un endroit aussi immaculé.

— Alors, si tu la fréquentes, elle te donnera des exemples impossibles à suivre, et tu seras obligée de laisser tomber pour ton autodéfense.

— Sa cuisine, dit Lillian en l'ignorant, est d'une telle propreté qu'on a du mal à croire qu'elle s'en sert. Je lui ai demandé un verre d'eau, et elle a tendu le verre sous le robinet, et elle l'a rempli lentement sans qu'une seule goutte tombe même dans l'évier. Ce n'était pas de l'affectation. Elle le faisait avec une telle aisance que je savais qu'elle le faisait toujours comme ça. Et quand elle m'a donné le verre, elle me l'a tendu avec une serviette propre. Une véritable hygiène d'hôpital.

— Elle doit se donner beaucoup de mal. A-t-elle accepté tout de suite de venir avec nous ?

— Ma foi… pas tout de suite. Elle a demandé à son mari quelles étaient les prévisions météorologiques, et il a répondu que les journaux disaient tous qu'il ferait beau demain, mais qu'il attendait le dernier bulletin à la radio.

— *Tous* les journaux le disaient, hein ?

— Bien sûr, ils publient tous les prévisions météorologiques officielles, alors ils doivent être tous d'accord. Mais je pense qu'ils sont abonnés à tous les journaux. Du moins, j'ai remarqué le paquet que laisse le marchand de journaux…

— Il y a quelque chose qui t'échappe, n'est-ce pas ?

— En tout cas, dit Lillian sévèrement, elle a téléphoné au bureau de la météorologie qui lui a donné le dernier bulletin, et elle l'a téléphoné à son mari ; et ils ont dit qu'ils viendraient. Sauf qu'ils ont dit qu'ils nous téléphoneraient s'il y avait des changements imprévus dans le temps.

— Bon. Alors nous irons.

Les Sakkaro étaient jeunes et charmants, bruns et beaux. En fait, alors qu'ils descendaient la longue allée qui menait de leur maison à l'endroit où était garée la voiture des Wright, George se pencha vers sa femme et lui souffla à l'oreille :

— C'est donc *lui* la raison.

— Je voudrais bien, dit Lillian. Est-ce un sac à main qu'il porte ?

— Une radio portative. Pour écouter les prévisions météorologiques, je parie.

Le fils Sakkaro courait derrière ses parents, en agitant quelque chose qui se révéla être un baromètre anéroïde, et tous trois s'assirent à l'arrière de la voiture. La conversation s'engagea et se poursuivit, avec de nettes concessions mutuelles, sur des sujets impersonnels, jusqu'au parc de Murphy.

Le fils Sakkaro était si poli et raisonnable que même Tommy Wright, coincé entre ses parents à l'avant, fut subjugué par l'exemple au point d'en devenir presque civilisé. Lillian n'avait pas le souvenir d'avoir fait une promenade en voiture qui lui avait procuré un plaisir aussi serein.

Elle n'était pas le moins du monde troublée par le fait que, tout juste assez fort pour être entendue sous le flot de la conversation, la petite radio de M. Sakkaro marchait, et elle ne le vit pas vraiment la porter de temps en temps à son oreille.

C'était une belle journée au parc de Murphy ; chaude et sèche sans être trop chaude ; et avec un soleil qui brillait allègrement dans un ciel bleu, bleu, bleu. Même M. Sakkaro, bien qu'il inspectât chaque coin du ciel d'un air circonspect et fixât un regard pénétrant sur le baromètre, semblait ne rien y trouver à redire.

Lillian conduisit les deux garçons vers le coin du parc réservé aux attractions et acheta assez de tickets pour que chacun d'eux pût faire un tour sur toutes les sortes de manèges à sensations fortes qu'offrait le parc.

— Je vous en prie, avait-elle dit à Mme Sakkaro qui protestait, c'est moi qui régale. Ce sera votre tour la prochaine fois.

Quand elle revint, George était seul.

— Où…, commença-t-elle.

— Là-bas à la baraque aux rafraîchissements. Je leur ai dit que je t'attendrais ici et que nous les rejoindrions.

Il avait l'air lugubre.

— Quelque chose qui ne va pas ?

— Non, pas vraiment, si ce n'est que je pense qu'il doit avoir une fortune personnelle.

— Quoi ?

— Je ne sais pas ce qu'il fait pour vivre. J'ai laissé entendre…

— Qui est curieux, maintenant ?

— Je l'ai fait pour toi. Il a dit qu'il n'était qu'un observateur de la nature humaine.

— Comme c'est philosophique. Cela pourrait expliquer tous ces journaux.

— Oui, mais avec un bel homme riche à la porte à côté, c'est comme si on me donnait aussi un exemple impossible à suivre.

— Ne sois pas stupide.

— Et il ne vient pas de l'Arizona.

— Non ?

— J'ai dit que j'avais entendu dire qu'il était de l'Arizona. Il m'a regardé avec une telle surprise qu'il est évident que c'est faux. Puis il a ri et il m'a demandé s'il avait l'accent de l'Arizona.

— Il a une espèce d'accent, tu sais, dit Lillian, pensive. Il y a des tas de gens qui descendent d'Espagnols dans le Sud-Ouest, alors il pourrait quand même être de l'Arizona. Sakkaro pourrait être un nom espagnol.

— Ça a l'air japonais pour moi… Allons, ils nous font signe. Oh ! mon Dieu, regarde ce qu'ils ont acheté !

Les Sakkaro tenaient chacun trois portions de barbe-à-papa, de grands tourbillons de mousse rose formés de fils de sucre séché, qu'on obtenait en fouettant du sirop mousseux dans un récipient chaud.

Ça fondait doucement dans la bouche et laissait une impression visqueuse.

Les Sakkaro en tendirent une à chacun des Wright, et, par politesse, les Wright acceptèrent.

Ils descendirent l'allée centrale, essayèrent leur adresse aux fléchettes, à une sorte de jeu où les balles roulaient dans des trous, à cogner sur des cylindres de bois pour les faire tomber de leur socle. Ils prirent des photos d'eux-mêmes, enregistrèrent leur voix et éprouvèrent la force qu'ils avaient dans les mains.

En fin de compte, ils allèrent chercher les deux garçons, qui n'en pouvaient plus, et les Sakkaro se dirigèrent instantanément vers le stand des rafraîchissements. Tommy exprima tout le plaisir qu'il prenait à la pensée d'acheter un hot-dog, et George lui lança de la monnaie. Il s'éloigna en courant, lui aussi.

— Franchement, dit George, je préfère rester ici. Si je les vois mâchonner une autre barbe-à-papa, je vais devenir blême et être malade sur-le-champ. S'ils n'en ont pas mangé une douzaine chacun, je veux bien en manger une douzaine moi-même.

— Je sais, et ils en achètent je ne sais combien pour le gosse, maintenant.

— J'ai proposé à Sakkaro de lui offrir un hamburger. Il a fait grise mine et il a hoché la tête. Je sais bien qu'un hamburger n'est pas quelque chose de formidable, mais après tant de barbe-à-papa, ça doit être un délice.

— Je sais. Je lui ai offert, à elle, une orangeade et, à la façon dont elle a bondi en disant non, on aurait dit que je la lui avais jetée à la figure… Pourtant, je suppose qu'ils ne sont jamais allés dans un endroit comme ça auparavant et qu'il leur faut du temps pour s'adapter à une nouveauté. Ils vont s'empiffrer de barbe-à-papa et puis ils n'en mangeront plus jamais pendant dix ans.

— Ma foi, peut-être.

Ils se dirigèrent en flânant vers les Sakkaro.

— Regarde, Lil, le ciel se couvre.

M. Sakkaro avait collé la radio à son oreille et regardait avec anxiété vers l'ouest.

— Oh la la, dit George, il l'a vu. S'il y a un nuage, il en voit cinquante, et il va vouloir rentrer.

Les trois Sakkaro se précipitèrent vers lui, polis mais insistants. Ils étaient désolés, ils avaient passé un moment merveilleux, un moment magnifique, les Wright devraient être leurs hôtes dès que ça pourrait se faire, mais maintenant, vraiment, ils devaient rentrer. Le temps tournait à l'orage. Mme Sakkaro se lamenta de ce que toutes les prévisions eussent annoncé du beau temps.

George essaya de les consoler.

— Il est difficile de prévoir un orage local, mais, même s'il devait venir, et il est possible qu'il n'éclate pas, il ne durerait qu'une demi-heure, tout au plus.

En entendant cette observation, le jeune Sakkaro sembla au bord des larmes, et Mme Sakkaro serrait un mouchoir dans une main qui tremblait visiblement.

— Rentrons, dit George, résigné.

Le trajet de retour sembla interminable. On ne chercha même pas de sujet de conversation. La radio de M. Sakkaro marchait fort, maintenant, tandis qu'il passait d'un poste à un autre, saisissant chaque fois au passage une information sur le temps. On mentionnait maintenant des « averses orageuses locales ».

Le jeune Sakkaro se mit à dire que le baromètre baissait, et Mme Sakkaro, le menton au creux de sa main, regarda le ciel d'un air affligé et demanda si George ne pouvait pas conduire plus vite, s'il vous plaît.

— Ça semble effectivement plutôt menaçant, non ? dit Lillian en essayant poliment de partager les craintes de ses invités. Mais George l'entendit alors murmurer dans un souffle : « Tu te rends compte ! »

Le vent se leva, poussant devant lui la poussière de la route sèche depuis des semaines, au moment où ils pénétrèrent dans la rue où ils habitaient, et les feuilles bruissaient de façon inquiétante. Un éclair zébra le ciel.

— Nous serons rentrés dans deux minutes, mes amis, dit George. Nous y arriverons.

Il s'arrêta à la porte qui ouvrait sur la cour spacieuse des Sakkaro et sortit de la voiture pour ouvrir la petite porte. Il eut l'impression d'avoir reçu une goutte. Ils arrivaient *juste* à temps.

Les Sakkaro sortirent précipitamment, visages tirés par la tension nerveuse, murmurant des merci, et ils se dirigèrent, en courant comme des fous, vers la longue allée qui conduisait à leur maison.

— Tu te rends compte, commença Lillian on aurait dit qu'ils étaient…

Le ciel se déchira et la pluie tomba à gouttes énormes comme si quelque barrage céleste s'était soudain rompu. Le toit de leur voiture était martelé par une centaine de baguettes de tambour, et, parvenus à mi-chemin de leur porte, les Sakkaro s'arrêtèrent et regardèrent désespérément le ciel.

Leurs visages s'estompaient tandis que frappait la pluie. S'estompaient et rétrécissaient et perdaient tout relief. Tous trois se ratatinaient, et s'affaissaient dans leurs vêtements, lesquels tombèrent en trois tas humides et visqueux.

Et, tandis que les Wright restaient là, pétrifiés d'horreur, Lillian se trouva dans l'incapacité de laisser sa phrase en suspens et poursuivit : « … en sucre et qu'ils avaient peur de fondre. »

Mon livre, *The Early Asimov*[1], marcha assez bien pour que Doubleday décide de faire d'autres livres semblables avec d'autres écrivains qui écrivaient depuis assez longtemps pour que leur première période eût de la valeur. Le livre qui suivit dans la série est *The Early del Rey* (Doubleday, 1975) de mon bon ami Lester del Rey.

1. Publié en France en plusieurs volumes : *Noël sur Ganymède*, *La mère des mondes* (Présence du Futur, Éditions Denoël), *Chrono-minets* et *Dangereuse Callisto* (Folio Science-Fiction n° 83 et n° 217). *(N.d.É.)*

Lester n'a pas truffé son livre de détails autobiographiques comme je l'ai fait, mais a voulu que son livre soit un instrument de réflexion lui permettant de donner son point de vue sur la façon d'écrire de la science-fiction.

J'aurais bien volontiers fait de même ; mais je ne sais pas comment écrire de la science-fiction, ou quoi que ce soit d'autre. Ce que je fais, je le fais par instinct, à l'aveuglette.

Cependant, de temps en temps, quelque chose m'apparaît, et une infime petite règle se dégage, ayant ici un rapport avec *Pluie, pluie, va-t'en !* Si vous devez écrire une nouvelle, évitez les références contemporaines. Elles datent une histoire et elles ne tiennent pas le coup longtemps. La nouvelle parle de Schœndienst qui était lanceur dans un match de base-ball. Eh bien, qui diable était Schœndienst ? Vous vous en souvenez ? Ce nom signifie-t-il quelque chose pour vous quinze ans plus tard ?

Et si vous vous en souvenez, y a-t-il une raison pour rappeler au lecteur que la nouvelle se situe il y a quinze ans ?... Naturellement, j'ai consacré des pages à vous dire de quand dataient mes nouvelles et des tas d'autres choses sur elles, mais c'est différent. Vous êtes tous mes amis.

*

Je continuais à dériver vers les essais. Au printemps 1959, Léon Svirsky de Basic Books, Inc., me persuada d'écrire un gros livre qui devait s'appeler *The Intelligent Man's Guide to Science*, qui fut publié en 1960. Ce fut mon premier grand succès dans le domaine de la non-fiction. J'eus de nombreuses critiques très favorables, et mon revenu annuel doubla soudain.

Tout ce que je faisais, ce n'était pas essentiellement pour gagner de l'argent, mais ma famille grandissait et je n'allais pas perdre de l'argent, non plus. Alors, je me sentais de nouveau bien moins enclin à revenir à la fiction.

Frederik Pohl, qui avait succédé à Horace Gold comme directeur de *Galaxy*, essaya de m'extorquer une nouvelle, en mars 1965, en m'envoyant le cliché d'une couverture qu'il avait l'intention de publier, et il me demanda d'écrire une nouvelle à partir de cela. « Vous avez la couverture, dit-il, alors ce sera facile. »

Non, ça ne le fut pas. Je regardai la couverture, laquelle représentait un visage large et triste sous un casque de cosmonaute, et plusieurs croix informes dans le fond, un casque de cosmonaute qui se balançait au bras de chaque croix. Je ne pouvais rien en faire. J'aurais dû le dire à Fred, mais c'était un vieil ami, et je ne voulais pas lui briser le cœur en lui apprenant qu'il existait une seule chose que je n'étais pas capable de faire. Au prix d'un suprême effort, j'ai écrit le texte suivant qui a paru dans *Galaxy* d'août 1965.

Le fondateur

Le premier concours de catastrophes avait eu lieu cinq ans auparavant — cinq révolutions de cette planète, HC-12549d d'après les cartes, et sans nom autrement. Six révolutions de la Terre, mais qui comptait... encore ?

Si les hommes de retour chez eux avaient su, ils auraient pu dire que c'était un combat héroïque, une épopée du corps galactique : cinq hommes contre un monde hostile, se défendant âprement pendant cinq (ou six) ans. Et maintenant, ils étaient mourants, la bataille perdue, en définitive. Trois étaient dans le coma, le quatrième avait encore ses pupilles jaunes ouvertes et le cinquième tenait toujours debout.

Mais il n'était nullement question d'héroïsme. C'étaient cinq hommes qui s'étaient battus par ennui et par désespoir, et avaient gardé leurs combinaisons métalliques de survie pour l'unique raison, on ne peut moins héroïque, qu'il n'y avait rien d'autre à faire tant qu'on était en vie.

Si l'un d'eux se sentit jamais stimulé par la lutte, il n'y a jamais fait allusion. Passé la première année, ils cessèrent de parler de sauvetage, et, passé la seconde, il y eut un moratoire sur le mot « Terre. »

Mais un mot demeurait toujours présent. Si on ne le prononçait pas, il devait être dans leur esprit : « ammoniaque. »

Cela a commencé au moment où l'atterrissage se révéla être très difficile pour ces hommes qui avaient toutes les chances contre eux, avec des moteurs qui ne tournaient pas rond et dans un engin spatial tout bosselé.

Vous prévoyez tous les pépins possibles, naturellement ; vous comptez sur un certain nombre… mais une chose à la fois. Un flamboiement d'étoile grille les hyper-circuits… qui peuvent être réparés, en un temps donné. Un météorite détruit le parallélisme des soupapes d'alimentation… on peut les redresser, en un temps donné. Sous la tension, on calcule mal une trajectoire, et une accélération momentanément insupportable arrache l'antenne de saut et fait perdre la tête à tous les hommes à bord — mais l'antenne peut être remplacée et on peut reprendre ses esprits, en un temps donné.

Les chances étaient de une contre un nombre infini pour que ces trois choses arrivent en même temps ; et moins encore qu'elles arrivent toutes pendant un atterrissage particulièrement délicat quand l'étalon nécessaire à la correction de toutes les erreurs, le temps, est la chose qui manque le plus.

Le *Cruiser John* eut cette chance contre un nombre infini, et il fit un ultime atterrissage, car il ne devait jamais redécoller de la surface de la planète.

Qu'il ait atterri intact pour l'essentiel était, en soi, presque un miracle. Les cinq hommes avaient la vie sauve pour quelques années au moins. En dehors de cela, seule l'arrivée, par le plus grand des hasards, d'un autre vaisseau aurait pu les avancer à quelque chose, mais personne n'y comptait. Ils avaient eu leur part de chances dans la vie, ils le savaient, et elles avaient toutes été mauvaises.

Un point, c'est tout.

Et le mot clé était « ammoniaque ». Alors que la surface montait en spirale et qu'ils affrontaient la mort (miséricordieusement rapide) avec des chances bien moins qu'égales, Chou eut le temps, on ne sait comment, de noter le spectrographe d'absorption, qui s'enregistrait irrégulièrement.

— Ammoniaque ! cria-t-il.

Les autres l'entendirent, mais on n'eut pas le temps

d'y prêter attention. Seul comptait le combat déchirant contre une mort rapide pour une mort lente.

Lorsque, en définitive, ils atterrirent, sur un terrain sableux avec une rare végétation bleuâtre (bleuâtre ?) ; herbe grêle comme des roseaux ; objets ressemblant à des arbres rabougris avec une écorce bleue et sans feuilles ; aucun signe de vie animale ; et avec un ciel verdâtre (verdâtre ?) strié de nuages… le mot revint les obséder.

— De l'ammoniaque ? demanda Petersen d'une voix forte.

— Quatre pour cent, dit Chou.

— Impossible, dit Petersen.

Mais ça ne l'était pas. Les livres ne disaient pas que c'était impossible. Ce que le corps galactique avait découvert, c'était qu'une planète d'une certaine masse et d'un certain volume à une certaine température était une planète océane et avait une de ces deux atmosphères : azote/oxygène ou azote/gaz carbonique. Dans le premier cas, la vie était évoluée ; dans le dernier, elle était primitive.

Personne ne se livrait à des vérifications, en dehors de la masse, du volume et de la température. On considérait l'atmosphère (que ce fût l'une ou l'autre d'entre elles) comme une chose établie. Mais les livres ne disaient pas qu'elle devait être ainsi. Simplement qu'elle était toujours ainsi. Selon la thermodynamique, il y avait d'autres atmosphères possibles, mais extrêmement improbables, si bien qu'on ne devait pas les trouver vraiment dans la pratique.

Jusqu'à maintenant. Les hommes du *Cruiser John* en avaient trouvé une autre et allaient baigner, pour le reste d'une vie qu'ils devaient ménager, dans une atmosphère azote/gaz carbonique/ammoniaque.

Les hommes transformèrent leur vaisseau en une poche souterraine avec un environnement du type terrien. Ils ne pouvaient pas décoller de la surface, et ne pouvaient pas non plus émettre une onde de communication au travers de l'hyper-espace, mais tout le reste était récupérable. Pour compenser les insuffisances du système du cycle, ils pouvaient même capter l'eau et l'air de la planète, dans certaines limites ; pourvu, bien sûr, qu'ils éliminent l'ammoniaque.

Puisque leurs combinaisons étaient en excellent état, ils organisaient des parties d'exploration, et ça passait le temps. La planète était inoffensive ; pas de vie animale ; une vie végétale éparse partout. Du bleu, toujours du bleu ; chlorophylle ammoniaquée ; protéines ammoniaquées.

Ils créèrent des laboratoires, analysèrent les composantes des plantes, étudièrent des lamelles, rédigèrent de gros volumes de découvertes. Ils essayèrent de faire pousser des plantes indigènes dans une atmosphère privée d'ammoniaque, et ils échouèrent. Ils se transformèrent en géologues et étudièrent l'écorce de la planète, en astronomes et étudièrent le spectre du soleil de la planète. Barrère disait parfois :

— En définitive, le corps arrivera à cette planète

un jour, et nous leur laisserons un héritage de connaissances. C'est une planète unique, après tout. Il est possible qu'il n'y en ait pas une autre de type Terre avec de l'ammoniaque, dans toute la Voie lactée.

— Merveilleux, dit Sandropoulos avec amertume. Quelle chance pour nous !

Sandropoulos étudia la thermodynamique de la situation.

— Un système métastable, dit-il. L'ammoniaque disparaît régulièrement par l'oxydation géochimique qui produit de l'azote ; les plantes utilisent l'azote et reproduisent de l'ammoniaque, en s'adaptant elles-mêmes à la présence de l'ammoniaque. Si le taux de formation de l'ammoniaque par les plantes baissait de 2 %, une spirale déclinante s'établirait. La vie végétale s'atrophierait, réduisant plus encore l'ammoniaque, etc.

— Tu veux dire que si nous détruisions suffisamment de la vie végétale, dit Vlassov, nous pourrions éliminer l'ammoniaque.

— Si nous avions des traîneaux volants et des désintégreurs à grand angle, et un an pour y travailler, nous le pourrions, dit Sandropoulos, mais nous ne les avons pas, et il y a un meilleur moyen. Si nous pouvions faire pousser nos propres plantes, la formation d'oxygène par photosynthèse accroîtrait le taux d'oxydation de l'ammoniaque. Même une légère montée localisée diminuerait l'ammoniaque dans la région, stimulerait davantage la croissance des plantes terrestres et frapperait les plantes indigènes, ferait encore baisser l'ammoniaque, etc.

Ils devinrent jardiniers pendant toute la saison de la culture. Après tout, c'était de la routine pour le corps galactique. La vie sur les planètes du type Terre était généralement du type eau/protéines, mais les variantes étaient infinies, et les produits de l'autre monde étaient rarement nourrissants, et plus rarement encore agréables au goût. On devait essayer différentes sortes de plantes terrestres. Il arrivait souvent (pas toujours, mais souvent) que certains types de plantes terrestres envahissent et étouffent la flore indigène. Quand la flore indigène était presque détruite, d'autres plantes terrestres pouvaient prendre racine.

Des dizaines de planètes avaient été converties en nouvelles Terres de cette façon. Par ce processus, les plantes terrestres engendraient des centaines de variétés robustes qui se développaient dans des conditions exceptionnelles... Exactement ce qu'il fallait pour ensemencer la planète suivante.

L'ammoniaque tuerait n'importe quelle plante terrestre, mais les semences que le *Cruiser John* avait à sa disposition n'étaient pas de vraies plantes terrestres, c'étaient des mutations de ces plantes dans d'autres mondes. Elles se battirent avec vigueur, mais pas assez bien. Certaines variétés donnèrent des plantes chétives, débiles, puis elles moururent.

En cela, elles firent mieux que la vie microscopique Les bactéroïdes de la planète étaient bien plus florissants que sa vie végétale, bleue et éparse. Les micro-organismes indigènes éliminèrent toute tentative de compétition de la part des spécimens terrestres. Lorsqu'on essaya d'ensemencer le sol étranger de flore bactérienne de type terrestre afin d'aider les plantes terrestres, cette tentative échoua.

— De toute façon, ça n'aurait servi à rien, dit Vlassov en hochant la tête. Si nos bactéries avaient survécu, ce n'aurait été qu'en s'adaptant à la présence de l'ammoniaque.

— Les bactéries ne nous seront d'aucun secours, dit Sandropoulos. Nous avons besoin des plantes ; elles comportent des systèmes qui fabriquent de l'oxygène.

— Nous pouvons en faire nous-mêmes, dit Petersen. Nous pouvons faire l'électrolyse de l'eau.

— Combien de temps durera notre équipement ? Si seulement nous pouvions faire pousser nos plantes, ce serait comme faire pour toujours l'électrolyse de l'eau, petit à petit, année après année, jusqu'à ce que la planète renonce.

— Alors, traitons le sol, dit Barrère. Il est bourré de sels d'ammoniaque. Nous en extrayons les sels et nous remettons en place le sol sans ammoniaque.

— Et l'atmosphère, alors ? demanda Chou.

— Dans un sol sans ammoniaque, elles peuvent prendre malgré l'atmosphère. Elles y sont presque parvenues comme ça.

Ils travaillèrent comme des marins au long cours, mais sans véritable objectif en vue. Aucun ne pensait vraiment que ça marcherait, et il n'y avait nul avenir pour eux-mêmes, personnellement, même si cela marchait. Mais travailler faisait passer le temps.

À la saison suivante de culture, ils avaient leur sol sans ammoniaque, mais les plantes terrestres poussèrent mal. Ils placèrent même des cloches sur plusieurs pousses et y injectèrent de l'air sans ammoniaque par pompage. Cela améliora légèrement la situation, mais pas assez. Ils corrigèrent la composition chimique du sol de toutes les façons possibles. Ils n'en furent pas récompensés.

Les faibles pousses émirent de minuscules bouffées d'oxygène mais pas assez pour détrôner l'atmosphère d'ammoniaque.

— Encore un effort, dit Sandropoulos, encore un. L'ammoniaque en a pris un coup. Oui, un coup, mais on ne peut pas le détrôner complètement.

Leurs outils et leur équipement se détérioraient et s'usaient avec le temps, et leur avenir s'amenuisait régulièrement. Chaque mois, leur marge de manœuvre devenait plus étroite.

Quand, en définitive, vint la fin, ce fut avec une soudaineté presque agréable. On ne savait pas d'où venaient cette faiblesse, ce vertige. Personne ne subodorait un empoisonnement direct par l'ammoniaque. Pourtant, ils avaient vécu pendant des années des cultures d'algues de ce qui avait été jadis l'hydroponique du vaisseau, et les cultures étaient elles-mêmes aberrantes et comportaient un risque de contamination ammoniacale.

Cela pouvait être l'œuvre d'un micro-organisme indigène qui avait appris à se nourrir d'eux. Cela pouvait même être un micro-organisme terrestre, qui avait subi des mutations dans les conditions d'un monde étrange.

Trois moururent enfin, et le firent, louées soient les circonstances, sans souffrir. Ils étaient heureux de s'en aller et d'abandonner le combat inutile.

— C'est ridicule de perdre si lamentablement, dit Chou dans un murmure à peine audible.

Petersen, le seul des cinq à être sur ses pieds (était-il immunisé, mais contre quoi ?), tourna un visage affligé vers son seul compagnon vivant.

— Ne meurs pas, dit-il. Ne me laisse pas seul.

Chou essaya de sourire.

— Je n'ai pas le choix... Mais tu peux nous suivre, vieux frère. Pourquoi se battre ? Les outils sont fichus et, à présent, il n'y a plus aucun moyen de gagner, s'il y en eut jamais.

Même maintenant, Petersen se battait contre l'ultime désespoir en se concentrant sur le combat contre l'atmosphère. Mais son esprit était las, son courage usé, et, quand Chou mourut dans l'heure qui suivit, il se trouva seul avec quatre cadavres dont il devait s'occuper.

Il contempla les corps, comptant sur les souvenirs, et remontant en pensée (maintenant qu'il était seul, il osait pleurer) jusqu'à la Terre elle-même, qu'il avait vue pour la dernière fois lors d'un séjour qu'il y avait fait près de onze ans auparavant.

Il lui fallait enterrer les corps. Il lui fallait briser les branches bleuâtres des arbres indigènes sans feuilles pour en faire des croix. Il lui fallait pendre le casque de cosmonaute de chacun des hommes à ces croix et placer les bouteilles d'oxygène en dessous. Des bouteilles vides pour symboliser le combat perdu.

Un sentiment ridicule pour des hommes qui ne pouvaient plus s'en soucier, et pour des yeux futurs qui ne pourraient peut-être jamais les voir.

Mais il le faisait pour lui-même, en signe de respect pour ses amis, et de respect pour lui-même, car il n'était pas le genre d'homme à ne pas s'occuper de ses amis morts, alors qu'il pouvait encore tenir debout.

De plus…

De plus ? Un sentiment de lassitude s'empara de lui pendant quelques instants.

Tant qu'il était encore en vie, il devait se battre avec les outils qui lui restaient. Il devait enterrer ses amis.

Il enterra chacun d'eux dans un coin de sol sans ammoniaque, ce sol qu'ils avaient obtenu au prix de tant d'efforts. Il les enterra sans linceul et sans vêtements, les laissant nus dans ce terrain hostile, offerts à la lente décomposition qui viendrait de leurs propres micro-organismes avant que ceux-là meurent aussi par l'invasion inévitable des bactéries indigènes.

Petersen posa chaque croix, avec son casque et ses bouteilles à oxygène, chacune calée par des pierres, puis il s'éloigna, sinistre, et les yeux emplis de tristesse, pour retourner au vaisseau enfoui qu'il habitait seul désormais.

Il travailla tous les jours et, en fin de compte, il ressentit, lui aussi, les symptômes.

Il enfila avec peine sa combinaison spatiale et gagna la surface pour ce qu'il savait être la dernière fois.

Il tomba à genoux sur les parcelles de jardin. Les plantes terrestres étaient vertes. Elles avaient vécu plus longtemps que jamais. Elles avaient l'air de se bien porter, d'être vigoureuses, même.

Ils avaient rapiécé le sol, dorloté l'atmosphère, et maintenant Petersen avait utilisé le dernier instrument, le seul qui restait à sa disposition, et il leur avait donné un engrais tel que…

De la chair des Terriens qui se décomposait lentement étaient venus les aliments qui avaient fourni l'ultime impulsion. Des plantes terrestres était venu l'oxygène qui repousserait l'ammoniaque et sortirait la planète de l'inexplicable impasse dans laquelle elle était tombée.

Si jamais les Terriens revenaient (quand ? dans un million d'années ?), ils trouveraient une atmosphère azote/oxygène, et une flore restreinte qui rappellerait étrangement celle de la Terre.

Les croix se putréfieraient et pourriraient ; le métal rouillerait et se décomposerait. Il était possible que les os se fossilisent et demeurent pour donner une vague idée de ce qui s'était passé. Il était possible qu'on trouve leurs propres dossiers dans leurs containers étanches.

Mais rien de cela n'importait. Si rien n'était jamais découvert, la planète elle-même, la planète tout entière, serait leur monument funéraire.

Et Petersen s'allongea pour mourir au milieu de leur victoire.

Fred Pohl change les titres plus fréquemment que la plupart des directeurs de revues et, dans certains cas, il me met hors de moi en agissant ainsi. Dans ce cas, pourtant, mon titre était *Le dernier outil*, et, une fois encore, le changement apporté par le directeur était une amélioration. J'ai donc gardé *Le fondateur.*

(Je déteste que Fred m'améliore, mais il refuse de s'arrêter en si bon chemin.)

*

En 1967, cela faisait dix ans que je m'étais orienté vers la non-fiction, et, depuis dix ans, je n'avais rien vendu à John Campbell.

John venait juste de boucler sa troisième décennie comme directeur d'*Astounding*. Au début des années 1960, pourtant, il avait changé de titre. *Astounding* était devenu *Analog*, et je n'avais jamais écrit de texte dans le magazine tel qu'il se présentait désormais.

J'écrivis donc *Exil en enfer*, et je l'envoyai à John. Il le prit, Dieu merci, et ce fut un grand plaisir de paraître de nouveau dans les pages de ce magazine, dans le numéro de mai 1968, même si ce n'était qu'une très brève nouvelle.

Exil en enfer

— Les Russes, dit Dowling de sa voix précise, envoyaient les prisonniers en Sibérie, du temps où le voyage spatial n'était pas encore devenu une banalité. Les Français se servaient de l'île du Diable à cet effet. Les Britanniques les expédiaient en bateau en Australie.

Il examina soigneusement l'échiquier, et sa main eut une brève hésitation au-dessus du fou.

Parkinson, de l'autre côté de l'échiquier, regardait d'un air absent la position des pièces. Les échecs étaient, naturellement, le jeu professionnel des programmeurs d'ordinateurs, mais, en de telles circonstances, il manquait d'enthousiasme. En toute justice, il se sentait contrarié. Dowling aurait dû se sentir encore bien plus mal. Il programmait l'affaire des poursuites.

Il y avait, bien sûr, chez le programmeur une tendance à prendre à son compte certaines des caractéristiques imaginées de l'ordinateur — l'absence d'émotivité, l'inaccessibilité à tout ce qui n'était pas la logique. Dowling reflétait cet état d'esprit par la raie bien nette qui partageait sa chevelure et par la sobre élégance de ses vêtements.

Parkinson, qui préférait programmer la défense pour les affaires juridiques dans lesquelles il se trouvait engagé, préférait aussi porter délibérément peu d'attention aux détails mineurs de son costume.

— Tu veux dire, répondit-il, que l'exil est un châtiment bien établi et, donc, pas particulièrement cruel.

— Non, il *est* particulièrement cruel, mais il *est* aussi bien établi et, de nos jours, il est devenu le préventif parfait.

Dowling déplaça son fou et ne leva pas les yeux. Parkinson les leva, bien involontairement.

Naturellement, il ne pouvait rien voir. Ils étaient à l'intérieur, dans le confortable monde moderne façonné pour les besoins humains, soigneusement protégés contre un environnement non policé Dehors, la nuit devait briller de tout son éclat.

Quand l'avait-il vue pour la dernière fois ? Pas depuis longtemps. Il lui arrivait de se demander à quelle phase on en était maintenant. Pleine ? Rayonnante ? Ou en était-on au premier quartier ? Y avait-il un ongle brillant de lumière, bas dans le ciel ?

En toute justice, ce devrait être un charmant spectacle. Jadis, ça l'était. Mais c'était il y a des siècles, avant que les voyages dans l'espace ne fussent devenus banals et bon marché, et avant que l'environnement, tout autour d'eux, ne fût devenu sophistiqué et contrôlé. Maintenant, la charmante lumière dans le ciel était devenue une nouvelle île du Diable, plus horrible que l'originale, suspendue dans l'espace.

Personne n'utilisait même plus son nom, par pur

dégoût. C'était « ça ». Ou c'était moins que ça, un silence, un geste de la tête vers le haut.

— Tu aurais pu m'autoriser à programmer le procès contre l'exil en général.

— Pourquoi ? Ça n'aurait pas changé le résultat.

— Pas celui-là, Dowling. Mais cela aurait pu modifier des procès futurs. Des châtiments futurs auraient pu être commués en peine de mort.

— Pour quelqu'un qui serait coupable de déprédation de l'équipement ? Tu rêves.

— C'était un geste de colère aveugle. Il y avait intention de nuire à un être humain, je l'admets ; mais il n'y avait pas intention de détériorer l'équipement.

— Rien. Ça ne signifie rien. L'absence d'intention n'est pas une excuse dans de telles affaires. Tu le sais bien.

— Ça *devrait* être une excuse. C'est de cela qu'il s'agit. C'est ce que je voulais faire ressortir.

Parkinson avança un pion, pour protéger son cavalier. Dowling réfléchit.

— Tu essaies de t'accrocher à l'attaque de la reine, Parkinson, et je ne vais pas te laisser faire... Voyons, maintenant. Et tandis qu'il méditait, il dit : Nous ne sommes plus en des temps primitifs, Parkinson. Nous vivons dans un monde surpeuplé où il n'y a pas la moindre place pour l'erreur. Une chose aussi infime qu'un consisteur que l'on ferait sauter pourrait mettre en danger une fraction assez grande de la population. Quand la colère endommage et détruit une ligne à haute tension, c'est une affaire sérieuse.

— Je ne mets pas cela en doute…

— Tu avais l'air de le faire, quand tu mettais au point le programme de la défense.

— Mais non. Écoute, quand le rayon laser de Jenkins a traversé le relais du champ, j'ai été moi-même aussi proche de la mort que n'importe qui. Un quart d'heure de retard en plus aurait signifié ma fin, à moi aussi, et j'en suis parfaitement conscient. Mon point de vue, c'est seulement que l'exil n'est pas le châtiment qui convient !

Il tapa du doigt sur l'échiquier pour souligner ce qu'il disait, et Dowling rattrapa la reine avant qu'elle ne fût renversée.

— Touchée, mais pas jouée, marmotta-t-il.

Les yeux de Dowling allaient d'une pièce à l'autre, et il continuait à hésiter.

— Tu as tort, Parkinson. C'*est* le châtiment qui convient parce qu'il n'y a rien de pire, et que cela correspond à un crime dont on peut dire qu'il n'y a rien de pire. Nous ressentons tous notre dépendance absolue à l'égard d'une technologie compliquée et plutôt fragile. Une perturbation pourrait nous tuer tous, et il importe peu que la perturbation soit délibérée, accidentelle, ou causée par l'incompétence. Les êtres humains réclament le châtiment maximal pour une telle action car c'est pour eux la seule façon de se sentir en sécurité. La mort pure et simple n'est pas un préventif suffisant.

— Mais si. Personne ne veut mourir.

— Ils veulent encore bien moins vivre en exil là-haut. C'est pourquoi nous n'avons eu qu'un seul cas de ce genre dans les dix dernières années, et un seul exil… Tiens, pare ce coup-là !

Et Dowling déplaça d'une case sur la droite la tour de sa reine.

Une lumière s'alluma. Parkinson se leva immédiatement.

— La programmation est terminée. L'ordinateur va donner son verdict, maintenant.

Dowling leva les yeux, flegmatique.

— Tu n'as pas de doute sur ce que sera le verdict, non ?… Laisse l'échiquier en place. Nous finirons après.

Parkinson était absolument sûr qu'il n'aurait pas le cœur à continuer la partie. Il se précipita dans le couloir qui menait à la salle du tribunal, d'un pas léger et rapide, comme d'habitude.

Peu de temps après son entrée et celle de Dowling, le juge prit place, puis Jenkins entra, flanqué de deux gardiens.

Jenkins paraissait hagard, mais stoïque. Depuis qu'une rage aveugle l'avait paralysé et qu'il avait accidentellement plongé un secteur dans l'obscurité en coupant l'énergie alors qu'il cognait sur un compagnon de travail, il savait sans conteste quelle serait la conséquence inévitable de ce crime, le pire de tous. Cela aide à ne pas se faire d'illusions.

Parkinson n'était pas stoïque. Il n'osait pas regarder Jenkins en face. Il n'aurait pu le faire sans se demander, avec tristesse, ce qui pouvait se passer dans la tête de Jenkins en ce moment. S'imprégnait-il, par tous ses sens, de toutes les perfections du confort familier avant d'être plongé à jamais dans l'enfer lumineux qui voguait dans le ciel nocturne ?

Avait-il savouré l'air propre et agréable dans ses narines, les douces lumières, la température égale, l'eau pure sur commande, l'environnement sûr destiné à bercer l'humanité dans un confort monotone ?

Tandis que là-haut…

Le juge appuya sur un bouton et la décision de l'ordinateur se transforma en un son rude et grossier : celui d'une voix humaine standardisée.

— Une appréciation de toutes les informations pertinentes, à la lumière de la loi du pays et de tous les précédents se rapportant à l'affaire, mène à la conclusion qu'Anthony Jenkins est coupable à tous points de vue du crime de déprédation de l'équipement et est condamné à la peine maximale.

Il n'y avait que six personnes dans la salle du tribunal proprement dite, mais la population tout entière écoutait à la télévision, bien entendu.

Le juge s'exprimait dans une phraséologie réglementaire.

— L'accusé sera conduit d'ici au port spatial le plus proche et, sur le premier transport disponible, emmené de ce monde pour être envoyé en exil pour le reste de sa vie naturelle.

Jenkins semblait rentrer dans sa coquille, mais il ne prononça pas un mot.

Parkinson frissonna. Combien d'hommes, se

demandait-il, sentiraient maintenant l'énormité d'un tel châtiment pour un crime, *quel qu'il soit ?* Combien de temps faudrait-il pour qu'il y ait assez d'humanité chez les hommes pour bannir à jamais le châtiment de l'exil ?

Quelqu'un pouvait-il imaginer vraiment Jenkins, là-haut dans l'espace, sans broncher ? Pouvait-on imaginer — et supporter cette idée — un homme, un frère, jeté pour toute sa vie au milieu d'une population étrange, inamicale, mauvaise, dans un monde d'une chaleur insupportable pendant la journée et d'un froid glacial pendant la nuit ; un monde où le ciel était d'un bleu cru et le sol d'un vert discordant, plus cru encore ; où l'air poussiéreux se mouvait avec un bruit rauque et où la mer visqueuse se soulevait éternellement ?

Et la pesanteur, cette attraction… lourde… lourde… lourde… éternelle !

Qui pouvait supporter l'horreur de condamner quelqu'un, pour une raison quelconque, à quitter le foyer amical de la Lune pour cet enfer dans le ciel… la Terre ?

En considérant ce que John Campbell signifie pour moi, il me déplaît beaucoup d'attirer l'attention sur ses points faibles, en tant que directeur de magazine — mais c'était un maniaque du blabla de présentation sur les textes. Dans ces petits commentaires directoriaux au début d'une nouvelle, commentaires qui étaient censés vous inciter à le lire, il éventait trop souvent le sujet de la nouvelle, alors que l'auteur faisait précisément de son mieux pour cacher le sujet jusqu'au moment convenable.

Voici le blabla de présentation de John pour *Exil en enfer* : « L'enfer est, bien entendu, le pire endroit imaginable où l'on voudrait être contraint de vivre. C'est une disposition d'esprit qui est liée à un endroit... Les îles Fidji pour un Esquimau, la terre de Baffin pour un Polynésien... » Si vous lisez la présentation d'abord et, *ensuite*, la nouvelle, *Exil en enfer* aura l'impact d'un écheveau de spaghettis trop cuits.

*

Alors que la pénurie de science-fiction s'accentuait, il devint important pour moi de ne pas me permettre de gaspiller le moindre texte.

Un de mes amis, Ed Berkeley, avait lancé un petit périodique consacré aux ordinateurs et à l'automation. (Il s'appelait même, je m'en souviens, *Computers and Automation*.) En 1959, il m'avait demandé d'écrire une petite nouvelle pour lui, par amitié, et comme j'ai toujours eu beaucoup de mal à résister à tout ce qui m'est présenté de cette façon, j'ai écrit *Le détail clé* pour lui, et il me l'a payé un dollar... Mais il ne l'a jamais publié.

Huit années passèrent et, finalement, je lui dis : « Eh, Ed, qu'est devenue ma nouvelle, *Le détail clé* ? » et il me dit qu'il avait décidé de ne pas publier de science-fiction.

— Rendez-la-moi, alors, dis-je, et il répondit : « Oh, vous pouvez l'utiliser ? »

Oui, je le pouvais. Je l'ai envoyée à *F & SF*. On l'a prise, et on l'a publiée dans le numéro de juillet 1968 du magazine.

Le détail clé

Jack Weaver sortit des entrailles de Multivac avec un air visiblement las et dégoûté.

Depuis son tabouret, où l'autre montait une garde impassible, Todd Nemerson demanda :

— Rien ?

— Rien, dit Weaver. Rien, rien, rien. Personne ne trouve ce qui ne va pas.

— Excepté que ça ne fonctionne pas, tu veux dire.

— Tu n'es d'aucun secours à rester assis là !

— Je réfléchis.

— Tu réfléchis ! Weaver découvrit une canine d'un côté de sa bouche.

Nemerson s'agita avec impatience sur son tabouret.

— Pourquoi pas ? Il y a six équipes de spécialistes en ordinateurs qui rôdent dans les couloirs de Multivac. Cela fait trois jours qu'ils n'ont rien déniché. N'as-tu pas besoin de quelqu'un pour réfléchir ?

— Ce n'est pas un sujet de réflexion. Il faut que nous allions voir. Il y a quelque part un relais de coincé.

— Ce n'est pas aussi simple, Jack !

— Qui dit que c'est simple ? Tu sais combien de millions de relais il y a là-dedans ?

— Ça ne fait rien. S'il ne s'agissait que d'un relais, Multivac aurait alterné les circuits, trouvé les moyens de localiser la panne, et les possibilités de réparer ou de remplacer la pièce défectueuse. L'ennui est que Multivac ne veut pas répondre à la question primordiale, il ne veut pas nous dire ce qui ne va pas. ... Et en attendant, ça sera la panique dans toutes les villes si nous ne faisons pas quelque chose. L'économie mondiale dépend de Multivac, et tout le monde le sait.

— Je le sais aussi. Mais qu'est-ce qu'on peut faire ?

— Je te l'ai dit, *réfléchir*. Il doit y avoir quelque chose qui nous échappe complètement. Écoute, Jack, il n'y a pas eu, en cent ans, un seul grand spécialiste des ordinateurs qui ne se soit consacré à rendre Multivac encore plus complexe. Il peut faire tellement de choses maintenant... bon sang, il peut même parler et écouter. Il est pratiquement aussi complexe qu'un cerveau humain, alors pourquoi comprendrions-nous Multivac ?

— Allons donc. Bientôt, tu vas me dire que Multivac est humain.

— Pourquoi pas ? Nemerson s'absorba dans ses pensées et parut se recueillir. Maintenant que tu en as parlé, pourquoi pas ? Pouvons-nous savoir si Multivac n'a pas franchi la mince ligne de démarcation où il a cessé d'être une machine pour commencer à être humain ? Existe-t-il, en cette matière, une ligne de démarcation ? Si le cerveau est simplement plus complexe que Multivac, et si nous continuons à rendre Multivac plus complexe encore, n'y a-t-il pas un point où ?... Il marmonna, puis se tut.

— Où veux-tu en venir ? Suppose, dit Weaver avec impatience, que Multivac soit humain. En quoi cela nous aide-t-il à trouver ce qui l'empêche de fonctionner ?

— Pour une raison humaine, peut-être. Suppose qu'on t'interroge, toi, sur le cours probable du blé l'été prochain et que tu ne répondes pas. Pourquoi ne répondrais-tu pas ?

— Parce que je n'en saurais rien. Mais Multivac, lui, le saurait ! Nous lui avons fourni tous les éléments. Il peut analyser à l'avance les saisons, la politique et l'économie. Nous savons qu'il le peut. Il l'a déjà fait.

— D'accord. Suppose que je t'aie posé la question, que tu connaisses la réponse et que tu ne me l'aies pas donnée. Pourquoi ?

— Parce que j'ai eu une tumeur au cerveau, grogna Weaver. Parce que j'ai été assommé. Parce que j'étais saoul. Parce que bon Dieu, mon mécanisme était en panne. C'est exactement ce que nous essayons de découvrir avec Multivac. Nous cherchons où son mécanisme est tombé en panne, nous cherchons le détail clé.

— Mais tu ne l'as pas trouvé.

Nemerson se leva de son tabouret.

— Écoute-moi, tu vas me poser la question sur laquelle Multivac a buté.

— Comment ça ? Je vais te faire passer la bande perforée à travers le corps ?

— Allons, Jack. Fournis-moi les mots qui vont avec. Tu parles bien à Multivac, n'est-ce pas ?

— Il a bien fallu. Thérapie.

Nemerson hocha la tête.

— Oui, c'est ça. Thérapie. La version officielle. Nous lui parlons pour faire semblant de croire que c'est un être humain, pour ne pas développer une névrose à l'idée de posséder une machine qui en sait tellement plus que nous. Nous avons transformé un terrifiant monstre de métal en une paternelle image protectrice.

— Si tu veux voir les choses comme ça,

— Eh bien, c'est faux et tu le sais. Un ordinateur aussi complexe que Multivac *doit*, pour être efficace, parler et écouter. Y introduire ou en faire sortir des nombres codés n'est pas suffisant. À un certain niveau de complexité, il a fallu construire Multivac de façon qu'il paraisse humain parce que, bon sang, il *est* humain. Allez, Jack, pose-moi la question. Je veux savoir comment je vais y réagir.

Jack Weaver rougit.

— C'est idiot.

— Vas-y, veux-tu ?

C'était un moyen de mesurer l'état de dépression et de désespoir de Weaver qui lui était offert. Avec une certaine mauvaise grâce, il fit semblant de programmer Multivac, lui parlant comme il le faisait d'habitude. Il commenta la dernière information qui concernait l'inquiétude des agriculteurs, parla des nouvelles équations qui décrivaient les contorsions du jet-stream et fit un exposé sur la constante solaire.

Il commença avec une certaine raideur puis, sa longue habitude aidant, s'échauffa à cette tâche, et lorsque la fin du programme fut emmagasinée avec un claquement, il faillit couper le contact d'un coup sec, pas du tout illusoire, sur la taille de Todd Nemerson.

Il conclut avec entrain :

— Très bien. Travaille là-dessus et donne-nous, pronto, la réponse.

Après quoi, pendant un instant, Jack Weaver resta là, les narines dilatées, comme s'il ressentait, une fois de plus, l'excitation de faire travailler la plus gigantesque et glorieuse machine qu'eussent jamais assemblée l'esprit et les mains de l'homme.

Puis il se souvint et murmura :

— Très bien, c'est ça.

— Au moins, dit Nemerson, je sais pourquoi *je* n'aurais pas répondu et c'est ce que nous allons essayer sur Multivac. Écoute, nous allons dégager Multivac. Nous allons nous assurer que les enquêteurs retirent leurs pattes de là. Puis tu le programmes et tu me laisses lui parler. Rien qu'une fois.

Weaver haussa les épaules et se tourna vers le panneau de contrôle de Multivac, garni de cadrans obscurs et de lampes qui ne clignotaient plus. Il le dégagea lentement. Il ordonna aux équipes, l'une après l'autre, de s'en aller.

Puis, prenant une profonde inspiration, il se mit

en devoir de programmer, une fois de plus, Multivac. C'était la douzième fois, somme toute, la douzième fois. Quelque part, au loin, un journaliste allait annoncer qu'ils essayaient encore. À travers le monde, une population dépendante de Multivac allait retenir collectivement son souffle.

Nemerson parlait tandis que Weaver fournissait silencieusement les données. Il parlait en hésitant, essayant de se souvenir de ce que Weaver avait dit, mais attendant l'instant où il pourrait ajouter le détail clé.

Weaver était épuisé, et il y avait maintenant une certaine tension dans la voix de Nemerson. Il dit :

— Très bien, Multivac. Travaille là-dessus et donne-nous la réponse.

Il s'interrompit avant d'ajouter le détail clé. Il dit :

— *S'il te plaît !*

Et dans tout Multivac, les valves et les relais se mirent joyeusement au travail. Après tout, une machine éprouve des sentiments… quand elle a cessé d'être une machine.

La nouvelle, soit dit en passant, ne s'arrêta pas à *F & SF*.

The Saturday Evening Post avait disparu en 1966, peu de temps après avoir passé en feuilleton mon roman *Le voyage fantastique* bien que je ne pense pas que cela ait le moindre rapport. Il reparut toutefois et ses directeurs s'intéressèrent à certaines de mes histoires. Ils réimprimèrent *Une statue pour Père*, ainsi que *Le détail clé*, sous le titre *L'ordinateur qui faisait grève*, dans le numéro du printemps 1972.

*

Les magazines de luxe s'intéressaient à présent à la science-fiction. Il n'y avait pas que *The Saturday Evening Post* qui me courait après pour avoir des nouvelles. *Boy's Life* faisait de même. Ils m'envoyèrent un tableau, dans l'espoir qu'il m'inspirerait une histoire, et j'essayai. J'écrivis *Envoyez les couleurs !* qui parut dans le numéro de septembre 1968 de *Boy's Life.*

Envoyez les couleurs !

— La démonstration est prête, dit doucement Oscar Harding, en partie pour lui-même, quand le téléphone sonna pour annoncer que le général était en train de monter.

Ben Fife, le jeune assistant de Harding, enfonça profondément les mains dans les poches de sa blouse de laboratoire.

— Nous n'aboutirons à rien, dit-il. Le général ne change pas d'avis.

Il jeta un regard en biais vers le profil aigu de son aîné, avec ses joues pincées et ses cheveux gris qui se clairsemaient. Il était possible que Harding fût un magicien de l'équipement électronique, mais il ne semblait pas comprendre le genre d'homme qu'était le général.

Et Harding dit avec douceur :

— Oh ! on ne sait jamais !

Le général frappa une fois à la porte, mais ce n'était que pour la montre. Il entra d'un pas vif, sans attendre de réponse. Deux soldats prirent position dans le couloir, un de chaque côté de la porte. Ils se tournèrent vers l'extérieur, fusils pointés.

Le général Gruenwald dit d'un ton tranchant :

— Professeur Harding !

Il fit un bref signe de tête en direction de Fife, puis, pendant un instant, il étudia le dernier individu qui se trouvait dans la pièce. C'était un homme au visage blême qui était assis à l'écart dans un fauteuil au dossier droit, à demi-caché par les équipements qui l'entouraient.

Tout, dans le général, était tranchant : sa démarche, la position de sa colonne vertébrale, sa façon de parler. Il était tout en lignes droites et en angles, se soumettant rigidement, en tous points, à l'étiquette du soldat-né.

— Asseyez-vous, je vous prie, en général, murmura Harding. Merci. C'est aimable à vous d'être venu. J'essayais de vous voir depuis quelque temps. Je me rends parfaitement compte que vous êtes un homme occupé.

— Puisque je suis occupé, dit le général, venons-en au fait.

— Aussi près du fait que je le peux, monsieur. Je présume que vous êtes au courant de notre projet. Vous connaissez le neurophotoscope.

— Votre projet ultra-secret ? Bien entendu. Mes conseillers scientifiques me permettent d'en suivre les progrès du mieux qu'ils peuvent. Je ne m'oppose pas à ce qu'on me donne des éclaircissements supplémentaires. Qu'est-ce que vous désirez ?

La soudaineté de la question incita Harding à esquiver.

— Pour être bref…, dit-il alors, la déclassification. Je veux que le monde sache que…

— Pourquoi voulez-vous qu'on sache quelque chose ?

— La neurophotoscopie est un problème important, monsieur, et extrêmement complexe. J'aimerais que tous les scientifiques de toutes les nationalités travaillent dessus.

— Non, non. Cela a été examiné plusieurs fois. C'est à nous que revient la découverte, et nous la gardons.

— Elle demeurera une toute petite découverte si elle reste entre nos seules mains. Laissez-moi vous expliquer une fois encore.

— C'est tout à fait inutile, dit le général en regardans sa montre.

— J'ai un nouveau sujet. Une nouvelle démonstration. Dans la mesure où vous êtes venu jusqu'ici, général, ne voulez-vous pas écouter pendant un petit instant ? Je passerai autant que possible sur les détails scientifiques et je vous dirai seulement que les potentiels électriques variables des cellules du cerveau peuvent être enregistrés sous formes de minuscules ondes irrégulières.

— Les électro-encéphalogrammes. Oui, je sais. Cela existe depuis un siècle. Et je sais ce que vous faites avec.

— Heu... oui. Harding devint plus sérieux. Les ondes du cerveau transmettent leur information d'une façon trop ramassée. Elles nous donnent l'ensemble des variations provenant d'une centaine de milliards de cellules en même temps. Ma découverte résidait en une méthode pratique pour les transformer en dessins de couleur.

— Avec votre neurophotoscope, dit le général en tendant le doigt. Vous voyez, je reconnais la machine.

Toutes ses médailles et ses barrettes de décorations gagnées au cours de ses campagnes étaient à la place qui convenait, au millimètre près.

— Oui. Le scope produit des effets de couleur, des images réelles qui semblent emplir l'espace et changer très rapidement. On peut les photographier, et elles sont belles.

— J'ai vu les photographies, dit froidement le général.

— Avez-vous vu la chose réelle, en action ?

— Une fois ou deux. Vous étiez là d'ailleurs.

— Oh ! oui. Le professeur était déconcerté. Il poursuivit : Mais vous n'avez pas vu cet homme, notre nouveau sujet.

Il désigna brièvement l'homme assis dans le fauteuil, un homme au menton aigu, au long nez, sans trace de cheveux sur le crâne, et avec encore ce regard vide dans les yeux.

— Qui est-ce ? demanda le général.

— Nous l'appelons simplement Steve. C'est un arriéré mental, mais il produit les dessins les plus vifs que nous ayons trouvés jusqu'ici. Quelle en est la raison, nous ne savons pas. Si cela a quelque chose à voir avec son état mental…

— Avez-vous l'intention de me montrer ce qu'il fait ? l'interrompit le général.

— Si vous voulez regarder, général.

Harding fit un signe de tête à Fife, qui entra en action immédiatement.

Le sujet, comme toujours, regardait Fife avec un intérêt mitigé, faisant ce qu'on lui disait et n'opposant pas de résistance. Le léger casque de plastique était étroitement serré sur son crâne rasé, et chacune des électrodes compliquées était convenablement ajustée. Fife essayait de travailler doucement, malgré la tension inhabituelle de l'expérience. Il était aux cent coups, craignant que le général regardât de nouveau sa montre et partît.

Il s'éloigna, le cœur battant.

— Dois-je mettre en route maintenant, professeur Harding ?

— Oui. Maintenant.

Fife établit doucement le contact, et, immédiatement, l'espace au-dessus de la tête de Steve s'emplit de couleurs éclatantes. Des cercles apparurent, et des cercles dans les cercles, tournant, tourbillonnant, et se brisant.

Fife éprouvait une nette sensation de malaise, mais il l'écarta avec impatience. C'était l'émotion du sujet — celle de Steve — pas la sienne. Le général devait l'avoir également ressentie, car il s'agita dans son fauteuil et s'éclaircit bruyamment la voix.

— Les dessins, dit Harding d'un air détaché, ne contiennent pas plus d'informations que les ondes du cerveau, vraiment, mais ils sont plus faciles à étudier et à analyser. C'est comme si l'on mettait des microbes sous un puissant microscope. Cela n'ajoute rien de nouveau, mais ce qu'on obtient peut être vu plus facilement.

Steve était dans un état de malaise croissant. Fife sentait que c'était la présence désagréable et antipathique du général qui en était la cause. Bien que Steve ne changeât pas de position et ne donnât pas de signes extérieurs de crainte, les couleurs, dans les dessins que son esprit créait, devenaient plus heurtées et, au sein des cercles extérieurs, il y avait des entrelacs discordants.

Le général leva la main, comme pour repousser les lumières clignotantes.

— Qu'y a-t-il dans tout cela, professeur ? dit-il.

— Avec Steve, nous pouvons maintenant progresser bien plus rapidement. Déjà, dans les deux années qui se sont écoulées depuis que j'ai inventé le premier scope, nous avons étudié plus de choses qu'au cours des cinquante années précédentes. Avec Steve, et avec des gens comme lui, peut-être, et avec l'aide de tous les scientifiques du monde…

— On m'a dit que vous pouviez l'utiliser pour pénétrer les pensées, dit sèchement le général.

— Pénétrer les pensées ? Harding réfléchit un instant. Vous voulez parler de télépathie ? C'est tout à fait exagéré. Les pensées sont trop différentes pour cela. Les infimes détails de votre façon de penser ne sont pas semblables aux miens ou à ceux de n'importe qui d'autre, et les matériaux bruts du cerveau ne correspondent pas. Nous devons traduire les pensées en mots, une forme plus grossière de communication, et, même là, il est assez difficile aux êtres humains d'établir le contact.

— Je ne parle pas de télépathie ! Je parle de sentiments ! Si le sujet éprouve de la colère, on peut faire faire au receveur l'expérience de la colère, non ?

— En quelque sorte.

Le général était nettement troublé.

— Ces choses… là-bas… Son doigt s'agitait sèchement en direction des dessins, lesquels tourbillonnaient maintenant de façon très déplaisante.

— On peut les utiliser pour contrôler les sentiments. Si l'on diffuse ces choses à la télévision, on peut manipuler émotionnellement toutes les populations. Pouvons-nous admettre qu'un tel pouvoir tombe entre de mauvaises mains ?

— Si cela avait un tel pouvoir, dit doucement Harding, il n'y aurait pas de bonnes mains.

Fife fronça les sourcils. C'était une remarque dangereuse. Une fois de temps en temps, Harding semblait oublier que les jours anciens de la démocratie étaient passés.

Mais le général ne le releva pas.

— Je ne savais pas, dit-il, que vous étiez si avancé dans ce domaine. Je ne savais pas que vous aviez ce… Steve. Vous en aurez d'autres comme ça. En attendant, l'armée prend celui-là en charge. *Complètement !*

— Attendez, général, une petite seconde. Harding se tourna vers Fife. Donnez ce livre à Steve, voulez-vous bien, Ben ?

Fife s'exécuta avec empressement. Le volume était un des nouveaux kaléidolivres où les histoires étaient racontées au moyen de photographies en couleurs qui tournaient lentement et se transformaient lorsqu'on ouvrait le livre. C'était une sorte de dessin animé sous couverture rigide, et Steve sourit en tendant la main avec avidité pour s'en emparer.

Presque immédiatement, les dessins en couleurs qui se formaient au-dessous de son casque de plastique changèrent de nature. Leur tournoiement se ralentit et les couleurs se firent plus douces. Les dessins, au sein du cercle, devinrent moins heurtés.

Fife perçut son soulagement et laissa la chaleur et la détente l'envelopper.

— Général, dit Harding, ne laissez pas la possibilité de contrôler les sentiments vous inquiéter. Le neurophotoscope en offre moins de possibilités que vous ne le pensez. Il existe sûrement des hommes dont les sentiments peuvent être manipulés, mais le scope ne leur est pas nécessaire. Ils réagissent sans réfléchir et s'accrochent aux mots, à la musique, aux uniformes, à presque tout. Jadis, Hitler a commandé l'Allemagne sans le secours de la télévision, et Napoléon a commandé la France sans radio ni journaux à grand tirage. Le scope n'offre rien de nouveau.

— Je ne le crois pas, murmura le général, mais il était de nouveau pensif.

Steve regardait avec le plus grand sérieux le kaléidolivre, et les dessins au-dessus de sa tête s'étaient presque apaisés pour former des cercles chaudement colorés aux détails imbriqués qui exprimaient le plaisir.

La voix de Harding était presque enjôleuse.

— Il y a toujours des gens qui résistent au conformisme, qui ne suivent pas ; et ce sont ceux qui comptent dans la société. Ils ne suivront pas plus avec des dessins en couleurs qu'avec toute autre forme de persuasion. Alors, pourquoi s'inquiéter du spectre absurde du contrôle des sentiments ? Considérons au contraire le neurophotoscope comme le premier instrument grâce auquel on pourra vraiment analyser les fonctions mentales. C'est ce qui devrait nous intéresser avant tout. La véritable étude de l'humanité, c'est l'étude de l'homme, comme le disait jadis Alexander Pope, et qu'est l'homme, sinon son cerveau.

Le général demeurait silencieux.

— Si nous pouvons trouver la façon dont fonctionne le cerveau, poursuivit Harding, et apprendre enfin ce qui fait qu'un homme est un homme, nous sommes en voie de nous comprendre nous-mêmes, et rien de plus difficile — ou qui en vaille plus la peine — ne s'offre à nous. Et comment cela peut-il être réalisé par un seul homme, par un seul laboratoire ? Comment cela peut-il être réalisé dans le secret et dans la peur ? Le monde scientifique tout entier doit coopérer... Général, changez le projet de catégorie ! Ouvrez-le tout grand à tous les hommes !

Le général hocha lentement la tête.

— Je crois qu'en définitive vous avez raison.

— J'ai le document nécessaire. Si vous le signez et si vous l'authentifiez de votre empreinte digitale, si vous prenez vos deux gardes qui sont dehors comme témoins, si vous prévenez le bureau exécutif par vidéo intérieure, si vous...

Tout fut fait. Sous le regard étonné de Fife, tout fut fait.

Quand le général fut parti, le neurophotoscope démantelé, et Steve renvoyé chez lui, Fife estima qu'il avait maîtrisé assez longtemps sa stupéfaction pour parler enfin.

— Comment se peut-il qu'il se soit laissé persuader si facilement, professeur Harding ? Vous lui avez expliqué votre point de vue en long et en large dans une dizaine de rapports et ça n'a jamais servi à rien.

— Je ne le lui avais pas présenté dans cette pièce, avec le neurophotoscope qui marchait, dit Harding.

Je n'avais jamais eu auparavant quelqu'un qui projetait avec une telle intensité que Steve. Beaucoup de gens peuvent résister au contrôle des sentiments, comme je l'ai dit, mais certaines personnes en sont incapables. Ceux qui ont une tendance au conformisme sont facilement conduits à tomber d'accord avec les autres. J'ai pris le risque de parier que tout homme qui se sent à l'aise en uniforme et qui est nourri de théorie militaire est exposé à subir des influences, quelle que soit la force qu'il croit posséder.

— Vous voulez dire… Steve…

— Bien entendu. J'ai laissé le général en proie au malaise, d'abord, puis vous avez donné à Steve le kaléidolivre, et l'air s'est empli de bonheur. Vous l'avez ressenti, n'est-ce pas ?

— Oui. Certainement.

— J'avais estimé que le général ne pourrait résister à ce bonheur qui suivait avec une telle soudaineté le malaise et c'est ce qu'il a fait. Tout lui aurait paru bon à ce moment-là.

— Mais il se reprendra, non ?

— En fin de compte, oui, je suppose, mais que se passera-t-il ? Les rapports sur les progrès clés concernant le neurophotoscope ont été envoyés maintenant aux médias du monde entier. Lc général pourrait l'interdire ici, dans ce pays, mais sûrement pas ailleurs… Non, il devra s'en accommoder. L'humanité peut commencer enfin à se livrer sérieusement à sa propre étude.

Le tableau représentait simplement une tête grossièrement dessinée entourée par une série de dessins psychédéliques qui ne voulaient rien dire. Cela ne signifiait rien pour moi et j'ai passé un sale moment pour arriver à écrire *Envoyez les couleurs !* Poul Anderson écrivit aussi une nouvelle en partant du même tableau et n'eut certainement pas de mal à le faire.

Les deux nouvelles parurent dans le même numéro, et je suppose qu'il pourrait être intéressant de comparer les textes et d'essayer de se faire une idée des façons différentes dont fonctionnent le cerveau de Poul et le mien… mais, comme pour *Blanc !*, je n'ai pas conservé l'autre nouvelle. En plus, je ne veux pas comparer les cerveaux. Poul est terriblement brillant, et il se pourrait que vous vinssiez m'assener quelques dures vérités que je préférerais ne pas avoir à regarder en face.

*

Début 1970, *IBM Magazine* m'adressa une citation de J. B. Priestley qui disait : « Entre minuit et l'aube, quand le sommeil ne veut pas venir et que toutes les vieilles blessures commencent à faire mal, j'ai souvent la vision cauchemardesque d'un monde futur dans lequel il y a des milliards de gens, tous numérotés et enregistrés, sans un éclair de génie nulle part, sans un esprit original, sans une personnalité éclatante, sur l'ensemble de ce globe surpeuplé. »

Le directeur du magazine m'a demandé d'écrire une nouvelle en partant de cette citation. J'ai exécuté le travail début avril et je l'ai expédié. Cette nouvelle, c'était *2430.* J'y ai pris la citation de Priestley au sérieux et j'ai essayé de décrire le monde de ses cauchemars.

Et *IBM Magazine* me l'a renvoyée. Ils disaient qu'ils ne

voulaient pas une nouvelle qui appuyât la citation ; ils en voulaient une qui la réfutât. Mais ils ne l'avaient jamais *dit*.

Dans des circonstances ordinaires, j'aurais pu me montrer très indigné et écrire une lettre plutôt cinglante. Toutefois, je vivais alors une période difficile et j'allais arriver à un tournant dans ma vie, un très triste tournant.

Mon mariage battait de l'aile depuis quelques années, et finalement, il se brisa. Le 3 juillet 1970, alors que nous approchions de notre vingt-huitième anniversaire, je déménageai et partis pour New York. J'y pris un appartement de deux pièces dans un hôtel, appartement que j'allais utiliser comme bureau pendant près de cinq ans.

On ne peut supporter un changement comme celui-là sans toutes sortes d'ennuis, de misères et de sentiments de culpabilité. Et parmi tout cela, étant ce que je suis, et alors que j'étais dans ce deux-pièces au milieu d'un curieux environnement, sans avoir encore reçu ma bibliothèque de références[2], ce qui me tourmentait, c'était de savoir si je serais encore capable d'écrire.

Je me suis souvenu de ma nouvelle, *2430*, que j'aurais pu, en temps ordinaire, abandonner avec indignation. À ce moment-là, rien que pour voir si j'en étais capable, je commençai une autre nouvelle, le 8 juillet 1970, cinq jours après mon déménagement. Celle-là réfuterait la citation de Priestley. Je l'appelai *Le meilleur atout*.

Je l'ai envoyée à *IBM Magazine*, et vous ne me croirez jamais, mais après avoir lu ma seconde nouvelle, ils décidèrent, après tout, de prendre la première. C'était très troublant. Ma seconde nouvelle était-elle si mauvaise que la première en avait l'air bonne ? Ou avaient-ils changé d'avis avant que j'aie écrit la

0. Tant que j'écrivais des œuvres d'imagination, j'avais besoin de très peu de choses en matière de bibliothèque, et je pouvais écrire n'importe où. Un des aspects les moins agréables de mon orientation vers la non-fiction est que j'ai amoncelé peu à peu une énorme bibliothèque de références qui me cloue sur place.

seconde et n'avaient-ils pas pu me le dire ? Je pencherais pour la seconde solution. En tout cas, *2430* fut publié dans le numéro d'octobre 1970 d'*IBM Magazine*.

2430

> Entre minuit et l'aube, quand le sommeil ne veut pas venir et que toutes les vieilles blessures commencent à faire mal, j'ai souvent la vision cauchemardesque d'un monde futur dans lequel il y a des milliards de gens, tous numérotés et enregistrés, sans un éclair de génie nulle part, sans un esprit original, sans une personnalité éclatante, sur l'ensemble de ce globe surpeuplé.
>
> J. B. PRIESTLEY

— Il va nous parler, dit Alvarez quand l'autre franchit la porte.

— Bon, dit Bunting. La pression sociale ne peut manquer de se faire sentir sur lui. Un curieux personnage. Comment a-t-il échappé aux corrections génétiques ? je ne le saurai jamais… Mais c'est *toi* qui feras les frais de la conversation. Il m'irrite tant que je suis incapable d'y mettre les formes.

Ils tournèrent dans le couloir en suivant la Voie de la Direction, laquelle était, comme toujours, fort peu encombrée. Ils auraient pu prendre le tapis roulant, mais ils n'avaient que trois kilomètres à parcourir, et Alvarez adorait marcher. Bunding n'avait pas insisté.

Alvarez était grand et plutôt mince, avec le genre de silhouette athlétique que l'on s'attend à trouver chez une personne qui aime les activités musculaires ; qui utilise couramment les escaliers et les plans inclinés, par exemple, au point d'en être presque considéré comme un personnage inquiétant. Bunting, plus doux et plus rond, évitait même jusqu'aux grands réflecteurs, et était absolument blême.

— J'espère, dit Bunting d'un air lugubre, qu'à nous deux nous serons assez.

— Oui, je crois. Nous voulons le garder dans notre secteur, si nous pouvons.

— Oui ! Tu sais, je continue à penser… pourquoi faut-il que ce soit *notre* secteur ? Près de cent vingt-cinq millions de kilomètres carrés d'un espace de vie réparti sur sept cents niveaux, et il faut que ça soit dans le bloc où l'on habite.

— Plutôt une distinction, d'un genre assez horrible, dit Alvarez.

Bunting fit un geste d'impatience.

— Et un peu à notre honneur, ajouta doucement Alvarez, si nous réglons l'affaire. Nous atteignons le sommet. Nous atteignons la fin. Nous atteignons le but. Toute l'humanité. Et c'est *nous* qui le faisons.

Bunting s'éclaira.

— Tu crois qu'ils le considéreront comme ça ? dit-il.

— Faisons en sorte qu'il en soit ainsi.

Leurs pas étaient assourdis par la pierre finement broyée, veinée de plastique. Ils croisaient d'autres couloirs et voyaient les foules innombrables sur le tapis roulant, au second plan. Il y eut une bouffée vite dissipée de diverses variétés de plancton. Un instant, presque par instinct, ils surent qu'au-dessus, bien au-dessus, il y avait un des conduits géants qui, venant de la mer, allaient vers l'intérieur. Et, par symétrie, ils savaient qu'il devait y avoir un autre conduit, de même dimension, bien en dessous, qui allait vers la mer en partant de l'intérieur.

Leur destination était une pièce d'habitation, située bien en retrait par rapport au couloir, un endroit qui semblait différent des milliers d'autres devant lesquels ils étaient passés. Il y avait là une sensation intangible et déconcertante d'espace, car, de chaque côté, sur une centaine de mètres, le mur était blanc. Et il y avait quelque chose dans l'air.

— Tu sens ? murmura Bunting.

— Je l'ai déjà senti, dit Alvarez. Inhumain.

— Littéralement ! répondit Bunting. Il ne s'imagine pas que nous allons nous occuper d'eux, non ?

— S'il se l'imagine, il est assez facile de refuser.

Ils émirent le signal, puis ils attendirent en silence tandis que le bourdonnement de la vie infinie se faisait entendre tout autour d'eux sans qu'on y prêtât attention, car il était toujours présent.

La porte s'ouvrit. Cranwitz attendait. Il avait l'air morose. Il portait les vêtements qu'ils portaient tous, légers, simples, gris. Sur lui, pourtant, ils avaient l'air chiffonnés. *Lui-même* semblait chiffonné, avec ses cheveux trop longs, ses yeux injectés de sang et qui se dérobaient d'un air gêné.

— Pouvons-nous entrer ? demanda Alvarez avec une froide courtoisie.

Cranwitz s'écarta.

L'odeur était plus forte à l'intérieur. Cranwitz ferma la porte derrière eux, et ils s'assirent. Cranwitz resta debout et ne dit rien.

— Je dois vous demander, dit Alvarez, en ma qualité de représentant du secteur, avec Bunting ici comme vice-représentant, si vous êtes maintenant prêt à vous soumettre à la nécessité sociale.

Cranwitz eut l'air de réfléchir. Quand, enfin, il parla, sa voix basse était étouffée et il dut se racler la gorge.

— Je ne le veux pas, dit-il. Je ne suis pas obligé de le faire. Il existe depuis longtemps un contrat avec le gouvernement. Ma famille a toujours eu le droit…

— Nous savons tout cela, et il n'est pas question d'avoir recours à la force, dit Bunting d'un air irrité. Nous vous demandons d'y accéder volontairement.

Alvarez toucha légèrement le genou de l'autre.

— Vous comprenez que la situation n'est pas ce qu'elle était du temps de votre père ; ni même, en réalité, ce qu'elle était l'année dernière ?

La longue mâchoire de Cranwitz tressaillit légèrement.

— Ce n'est pas mon avis. Le taux des naissances a baissé, cette année, d'après les chiffres des ordinateurs, et tout le reste a changé en conséquence. Cela se poursuit d'année en année. Pourquoi cette année serait-elle différente ?

Sa voix, de façon indéfinissable, était dénuée de conviction. Alvarez était sûr qu'il savait *très bien* pourquoi cette année était différente, et il dit doucement :

— Cette année, nous avons atteint le but. Le taux des naissances correspond exactement au taux des décès ; le niveau de la population est maintenant absolument stable ; la construction est maintenant limitée uniquement à la rénovation ; et les fermes maritimes sont en équilibre. Il n'y a que vous à vous dresser entre l'humanité et la perfection.

— À cause de quelques souris ?

— À cause de quelques souris. Et d'autres créatures. Des cochons d'Inde. Des lapins. Quelques variétés d'oiseaux et de lézards. Je n'ai pas fait un recensement…

— Mais elles sont les seules qui restent dans le monde entier. Quel mal font-elles ?

— Et quel bien ? demanda Bunting.

— Le bien d'être là en personne, dit Cranwitz. Jadis, il fut un temps où…

Alvarez avait déjà entendu cela. Il dit, avec toute la sympathie qu'il pouvait mettre dans sa voix (et, à sa grande surprise, avec une certaine somme de sympathie réelle, aussi) :

— Je sais. Jadis il fut un temps ! Il y a des siècles ! Il y avait un très grand nombre de formes de vie comme celles dont vous prenez soin. Et des millions d'années avant, il y avait des dinosaures. Mais nous avons des microfilms de *tout*. Personne ne risque de les ignorer.

— Comment pouvez-vous comparer les microfilms avec la chose réelle ? demanda Cranwitz.

Bunting fit la moue.

— Les microfilms ne sentent pas.

— Le zoo était bien plus grand, jadis, dit Cranwitz. Chaque année, nous avons dû nous débarrasser de beaucoup d'animaux. Tous les grands animaux. Tous les carnivores. Les arbres. Il ne reste rien en dehors des petites plantes, des animaux minuscules. Laissez-les.

— Qu'est-ce que vous voulez qu'on en fasse ? dit Alvarez. Personne ne veut les voir. L'humanité est contre vous.

— La pression sociale…

— Nous ne pouvons pas convaincre les gens qui opposent une véritable résistance. Les gens ne veulent pas voir ces distorsions de la vie. Ça les rend malades, vraiment. Qu'est-ce que vous voulez qu'on leur fasse ?

La voix d'Alvarez se faisait insinuante.

Cranwitz s'assit alors. Une certaine fébrilité accentuait la couleur de ses joues.

— J'ai réfléchi. Un jour, nous étendrons notre domaine. L'homme colonisera d'autres mondes. Il aura besoin d'animaux. Il aura besoin d'autres espèces, dans ces nouveaux mondes vides. Il lancera une nouvelle écologie diversifiée. Il…

Il laissa mourir sa voix sous le regard hostile des deux autres.

— Quels autres mondes allons-nous coloniser ? demanda Bunting.

— Nous sommes allés sur la Lune en 1969, dit Cranwitz.

— Ouais, et nous y avons établi une colonie, et nous l'avons abandonnée. Il n'y a pas un seul monde dans tout le système solaire capable d'entretenir la vie humaine, sans constructions mécaniques prohibitives.

— Il y a des mondes autour d'autres étoiles, dit Cranwitz. Des mondes semblables à la Terre par centaines de millions. Il doit y en avoir.

Alvarez hocha la tête.

— Hors de portée. Nous avons finalement exploité la Terre et nous l'avons peuplée de l'espèce humaine. Nous avons fait notre choix, et c'est la Terre. Il n'y a pas place pour le genre d'effort nécessité par la construction d'un stellonef capable de traverser des années-lumière d'espace… Vous êtes-vous plongé dans l'histoire du XXe siècle ?

— Ce fut le dernier siècle où le monde était ouvert, dit Cranwitz.

— Oui, dit sèchement Alvarez. J'espère que vous ne l'avez pas hyper-romantisé. J'ai étudié sa folie, aussi. Le monde était alors vide, quelques milliards, à peine, et ils trouvaient qu'il était surpeuplé… et avec de bonnes raisons. Ils dépensaient plus de la moitié de leurs biens en guerres et en préparatifs de guerre, ils dirigeaient leur économie sans réflexion, ils gaspillaient et s'empoisonnaient à plaisir, ils laissaient au pur hasard le soin de régir le fonds commun génétique et toléraient les normes venant des excentriques de toutes sortes. Bien entendu, ils craignaient ce qu'ils appelaient l'explosion démographique, rêvaient d'atteindre d'autres mondes comme une sorte d'évasion. Nous aurions fait la même chose dans ces conditions.

« Je n'ai pas besoin de vous parler du concours de circonstances et de progrès scientifiques qui a tout changé, mais laissez-moi vous le rappeler brièvement au cas où vous essaieriez d'oublier. Il y eut l'établissement d'un gouvernement mondial, le développement de l'énergie nucléaire, et l'extension de l'art de la technique génétique. Avec la paix planétaire, l'abondance d'énergie, et une humanité sereine, les hommes purent se multiplier paisiblement, et la science se développa parallèlement à cet accroissement.

« On savait d'avance exactement combien d'hommes la Terre pouvait nourrir. Tant de calories d'énergie solaire arrivaient sur la Terre et, d'après cela, tant de tonnes seulement de gaz carbonique pouvaient être fixées par les plantes vertes chaque année, et tant de tonnes seulement de vie animale pouvaient être nourries par ces plantes. La Terre pouvait subvenir aux besoins de deux billions de tonnes de vie animale… »

Cranwitz, finalement, l'interrompit :

— Et pourquoi ces deux billions de tonnes ne seraient-elles pas toutes humaines ?

— Exactement.

— Même si cela signifiait la destruction de toute autre vie animale ?

— C'est la loi de l'évolution, dit Bunting, en colère. Celui qui s'adapte survit.

De nouveau, Alvarez toucha le genou de l'autre.

— Bunting a raison, Cranwitz, dit-il doucement. Les téléostéens ont remplacé les placodermes, lesquels ont remplacé les trilobites. Les reptiles ont remplacé les amphibiens, et ont été à leur tour remplacés par les mammifères. Maintenant, enfin, l'évolution a atteint son apogée. La Terre porte sa puissante population de quinze billions d'êtres humains…

— Mais comment ? demanda Cranwitz. Ils vivent dans un unique et immense bâtiment qui occupe toute la surface d'une terre aride, sans plantes ni animaux autour d'eux, en dehors de ce que j'ai ici. Et tout l'océan inhabité est devenu une soupe de plancton ; pas de vie, mais du plancton. Nous le récoltons indéfiniment pour nourrir les gens, et, tout aussi indéfiniment, nous restituons de la matière organique pour nourrir le plancton.

— Nous vivons très bien, dit Alvarez. Il n'y a pas de guerre. Il n'y a pas de crimes. Nos naissances sont réglementées. Nos morts sont paisibles. Nos enfants sont adaptés génétiquement et, sur la Terre, il y a maintenant vingt milliards de tonnes de cerveau normal ; la plus grande quantité concevable de la matière la plus complexe qu'on puisse concevoir dans l'univers.

— Et tout ce poids de cerveau fait *quoi* ?

Bunting poussa un soupir d'exaspération, assez fort pour être audible, mais Alvarez, toujours aussi calme, dit :

— Mon cher ami, vous confondez le moyen avec la fin. Cela vient peut-être de ce que vous vivez avec vos animaux. Quand la Terre était en cours de développement, il était nécessaire à la vie de faire des expériences et de prendre des risques. Ça valait même la peine d'être gaspilleur. La Terre était vide en ce temps-là. Il y avait une place infinie, et l'évolution devait faire des expériences avec dix millions d'espèces ou plus — jusqu'à ce qu'on trouve la *bonne* espèce.

« Même après la venue des hommes, elle a dû apprendre à se conduire. Pendant cette période d'apprentissage, elle a dû prendre des risques, tenter l'impossible, être insensée ou folle… Mais l'humanité est rentrée chez elle maintenant. Les hommes ont occupé la planète et n'ont besoin que d'une seule chose : profiter de la perfection. »

Alvarez s'arrêta pour laisser ses paroles faire impression sur Cranwitz, puis il dit :

— Nous la *voulons*, Cranwitz. Le monde entier veut la perfection. C'est par notre génération que la perfection a été atteinte, et nous *voulons* l'honneur de l'avoir atteinte. Vos animaux sont sur notre route.

Cranwitz hocha la tête, d'un air entêté.

— Ils prennent si peu de place ; ils consomment si peu d'énergie. Si on les supprimait tous, vous auriez de la place pour quoi ? Pour vingt-cinq êtres humains de plus ? Vingt-cinq sur quinze billions ?

— Vingt-cinq êtres humains, dit Bunting, représentent trente-cinq kilos de cerveau humain. Avec quelle mesure pouvez-vous évaluer trente-cinq kilos de cerveau humain ?

— Mais vous en avez déjà des milliards de tonnes.

— Je sais, dit Alvarez, mais la différence entre la perfection et la pas-tout-à-fait perfection est celle qui existe entre la vie et la pas-tout-à-fait vie. Nous sommes si proches du but maintenant. Toute la Terre se prépare à célébrer cet an 2430. C'est l'année où l'ordinateur nous dit que la planète est enfin pleine ; le but est atteint ; tous les efforts de l'évolution sont couronnés de succès. Devrions-nous échouer faute de vingt-cinq êtres — même sur quinze billions. C'est une imperfection minuscule, minuscule, mais c'est une imperfection.

« Réfléchissez, Cranwitz ! La Terre a attendu cinq milliards d'années pour être parachevée. Devons-nous attendre plus longtemps ? Nous ne pouvons pas et ne voulons pas vous forcer, mais si vous vous soumettez volontairement, vous serez un héros pour tous.

— Oui, dit Bunting. Dans l'avenir, les hommes diront que Cranwitz a fait un geste, et que, par ce seul geste, nous avons atteint la perfection.

Et Cranwitz dit, imitant l'intonation de l'autre :

— Et les hommes diront qu'Alvarez et Bunting l'ont persuadé d'agir ainsi.

— Si nous réussissons ! dit Alvarez, avec un chagrin visible. Mais, dites-moi, Cranwitz, pouvez-vous espérer tenir éternellement contre la volonté éclairée de quinze billions de gens ? Quels que soient vos mobiles — et je reconnais qu'à votre façon, vous êtes un idéaliste —, pouvez-vous priver tant de gens de cette dernière bribe de perfection ?

Cranwitz baissa les yeux en silence, et Alvarez fit doucement un geste de la main en direction de Bunting, et Bunting se tut. Le silence continua à planer tandis que s'écoulaient lentement les minutes.

Puis Cranwitz murmura :

— Puis-je passer encore une journée avec mes animaux ?

— Et après ?

— Et après… je ne veux pas me dresser entre l'humanité et la perfection.

Et Alvarez dit :

— Je le ferai savoir au monde. On vous honorera.

Bunting et lui partirent.

Dans les vastes bâtiments continentaux, quelque cinq billions d'êtres humains dormaient tranquillement ; quelque deux billions d'êtres humains mangeaient tranquillement ; un demi-billion faisait soigneusement l'amour. D'autres billions parlaient sans chaleur, ou surveillaient paisiblement les ordinateurs, ou conduisaient les véhicules, ou étudiaient les machines, ou organisaient des bibliothèques de microfilms, ou amusaient leurs compagnons. Des billions allaient dormir ; des billions s'éveillaient ; et le traintrain quotidien ne changeait jamais.

Les machines fonctionnaient, se vérifiaient elles-mêmes, se réparaient elles-mêmes. La soupe de plancton de l'océan planétaire cuisait au soleil, et les cellules se divisaient, se divisaient, se divisaient, tandis que des dragues les ramassaient indéfiniment et les séchaient et, par millions de tonnes, les transféraient dans les convoyeurs et les conduits qui les amèneraient aux quatre coins des bâtiments sans fin.

Et dans les quatre coins des bâtiments, les déchets humains étaient rassemblés, irradiés et séchés, et les cadavres humains étaient broyés, traités et séchés, et, éternellement, les résidus étaient ramenés à l'océan. Et pendant des heures, alors que tout cela continuait, comme cela avait continué pendant des décennies, et pouvait être condamné à continuer pendant des millénaires, Cranwitz nourrissait, une dernière fois, ses petites créatures, caressait son cochon d'Inde, soulevait une tortue pour plonger son regard dans ses yeux indéchiffrables, promenait un brin d'herbe vivante entre ses doigts.

Il les compta tous, un par un — dernières choses vivantes sur la Terre qui n'étaient ni des hommes ni de la nourriture pour hommes —, puis il empoisonna le sol dans lequel poussaient les plantes et les tua. Il inonda les cages et les pièces dans lesquelles se déplaçaient les animaux avec le gaz approprié, et ils cessèrent de bouger, et bientôt ils cessèrent de vivre.

Ces survivants avaient disparu, et maintenant, entre l'humanité et la perfection, il n'y avait plus que Cranwitz, dont les pensées encore rebelles sortaient de la norme. Mais, pour Cranwitz, il y avait aussi les gaz, et il ne voulait pas vivre.

Et, après cela, il y eut vraiment la perfection, sur toute la surface de la Terre, pour l'ensemble de ses quinze billions d'habitants, et, sur ses vingt milliards de tonnes de cerveau humain, il n'y eut (après la disparition de Cranwitz) pas une pensée inquiétante, pas une idée extraordinaire, pour troubler la sérénité universelle, ce qui signifiait qu'on avait enfin atteint le vide exquis de l'uniformité.

Bien que *2430* eût été publié, et payé très généreusement en vérité, cela n'apaisa pas mes craintes névrotiques. Cette nouvelle qui avait été acceptée avait été écrite alors que je vivais encore à Newton. Celle qui n'avait pas été prise avait été écrite à New York.

J'apportai donc *Le meilleur atout* à John Campbell (nous étions maintenant de nouveau dans la même ville pour la première fois depuis vingt et un ans), et je lui racontai l'histoire d'*IBM Magazine*. Je lui dis que je lui donnais celle qui avait été refusée, mais que je ne le ferais pas s'il trouvait indigne de lui de lire une nouvelle dans ces conditions.

Ce bon vieux John haussa les épaules et dit :

— Un directeur n'est pas forcément d'accord avec un autre.

Il lut la nouvelle et la prit. Je ne lui avais pas parlé de ma folle inquiétude concernant mon incapacité d'écrire à New York, parce que j'en avais honte, et que John était encore le grand homme devant qui je craignais de me montrer sous les traits d'un imbécile. Pourtant, en prenant cette nouvelle, il avait encore ajouté une faveur à celles, nombreuses, très nombreuses qu'il m'avait faites.

(Et, au cas où vous seriez inquiets, je peux vous dire que mes années à New York ont été jusqu'ici encore plus fécondes que ne l'étaient les années de Newton. Je suis resté 57 mois dans mon bureau de deux pièces et, pendant cette période, j'ai publié 57 livres.)

NOTE : La population de la Terre est estimée, en 1970, à 3 milliards 680 millions. L'actuel taux de croissance double cette population en 35 ans. Si l'actuel taux de croissance peut être maintenu pendant 460 ans, alors, en l'an 2430, le poids de chair et de sang humain sera égal au poids total de vie animale existant actuellement sur la Terre. Dans cette mesure, la nouvelle ci-dessus n'est pas du domaine de la fiction.

Le meilleur atout

La Terre était un vaste parc. Elle était entièrement cultivée.

Lou Tansonia la voyait se déployer sous ses yeux alors qu'il la contemplait de sa navette lunaire. Son nez proéminent coupait son visage décharné en deux petites moitiés et toutes deux avaient toujours l'air triste — mais cette fois cela reflétait exactement son humeur.

Il n'était jamais resté au loin si longtemps — presque un mois — et il prévoyait une période d'acclimatation pas trop agréable quand la forte pesanteur de la Terre s'emparerait de lui avec une violence manifeste.

Mais c'était pour plus tard. Ce n'était pas de la tristesse qu'il éprouvait maintenant alors qu'il regardait la Terre grandir sous ses yeux.

Tant que la planète était assez éloignée pour être un cercle de spirales blanches, étincelant dans le soleil qui tapait sur les bords du vaisseau, elle conservait sa beauté primitive. Quand, de temps en temps, les taches de brun et de vert pastel surgissaient d'entre les nuages, elle aurait pu être encore la planète qu'elle avait toujours été, depuis trois cents millions d'années, quand la vie avait commencé à s'étendre au-delà de la mer et à gagner la terre ferme pour remplir de vert les vallées.

C'était plus bas, plus bas — quand le vaisseau descendit — que son côté policé commença à apparaître.

Il n'y avait aucun lieu sauvage, nulle part. Lou n'avait jamais vu de lieu sauvage sur Terre ; il n'en connaissait l'existence que par les livres, ou par ce qu'il en avait vu dans de vieux films.

Les forêts se dressaient en rangs et en lignes, chaque arbre soigneusement étiqueté selon l'espèce et le lieu. Les récoltes poussaient dans des champs soumis à un assolement méthodique, avec fertilisation et sarclage intermittents et automatisés. Les quelques animaux domestiques qui existaient encore étaient numérotés, et Lou imaginait avec amertume que les brins d'herbe l'étaient aussi.

On voyait si rarement des animaux que cela faisait un choc quand on les apercevait. Les insectes eux-mêmes avaient disparu, et aucun des grands animaux n'existait nulle part en dehors des zoos dont le nombre diminuait lentement.

Les chats eux-mêmes étaient devenus peu nombreux, car il était bien plus patriotique d'avoir un hamster, si vraiment on tenait à avoir un animal familier.

Rectification ! Seule la population animale non humaine de la Terre avait diminué. Sa masse de vie animale était toujours aussi grande, mais l'essentiel, environ les trois quarts, appartenait à une seule espèce, l'*homo sapiens*. Et, malgré tout, le Bureau terrestre d'Écologie pouvait (ou disait qu'il le pouvait) faire croître très lentement ce pourcentage d'année en année.

Lou y pensait, comme toujours, avec un violent sentiment de perte. La présence humaine n'était pas envahissante, bien sûr. On n'en voyait aucun signe de l'endroit où la navette décrivait sa dernière orbite autour de la planète ; et, Lou ne l'ignorait pas, on n'en verrait aucun signe même en descendant bien plus bas.

Les villes tentaculaires des temps préplanétaires, si chaotiques, avaient disparu. D'un vaisseau, on pouvait voir la trace des anciennes routes d'après l'empreinte qu'elles laissaient encore sur la végétation, mais elles étaient invisibles de près. Les individus eux-mêmes venaient rarement troubler la surface, mais ils étaient là, sous le sol. Toute l'humanité y était, avec ses milliards d'êtres, avec les usines, avec les installations qui produisaient la nourriture, l'énergie, les vacu-tunnels.

Le monde cultivé vivait sur l'énergie solaire, et il n'y avait pas de luttes, et donc, pour Lou, c'était détestable.

Cependant, en ce moment, il pouvait presque l'oublier, car, après des mois d'échec, il allait voir Adrastus, en personne. Cela signifiait qu'il avait fait jouer tous les pistons possibles.

Ino Adrastus était secrétaire général de l'Écologie. Ce n'était pas un poste électif; il était peu connu. C'était simplement le poste le plus important sur la Terre, car il contrôlait tout.

C'était exactement ce que disait Jan Marley, alors qu'il se tenait là, avec l'air endormi d'un être distrait et peu soucieux de son apparence, cet air qui faisait penser qu'il aurait été gras si le régime alimentaire humain n'était pas contrôlé pour éviter l'adiposité.

Il dit :

— En ce qui me concerne, c'est le poste le plus

important sur Terre, et personne ne semble le savoir. Je voudrais en parler.

Adrastus haussa les épaules. Ce personnage trapu, avec sa tignasse, jadis châtain clair et aujourd'hui d'un châtain grisonnant, ses yeux bleu délavé, nichés dans une chair brunie, finement ridée, avait joué un rôle peu gênant sur la scène administrative pendant une génération. Il était secrétaire général de l'Écologie depuis que les conseils écologiques régionaux avaient été réunis pour former le Bureau terrestre. Ceux qui le connaissaient pensaient qu'il était impossible de songer à l'écologie sans lui.

— La vérité, dit-il, est que je n'ai pratiquement jamais pris une décision vraiment de moi-même. En vérité, les directives que je signe ne viennent pas de moi. Je les signe parce que cela créerait un malaise psychologique si c'étaient des ordinateurs qui les signaient. Mais, vous savez, il n'y a que les ordinateurs qui puissent faire le travail.

« Le Bureau ingère chaque jour une quantité incroyable de données ; des données qui lui sont envoyées par toutes les parties du globe, et qui ne se rapportent pas seulement aux naissances, aux morts, aux déplacements de population, à la production, et à la consommation de l'homme, mais aussi à tous les changements matériels qui interviennent dans la flore et la faune, sans parler de l'état déterminé des secteurs principaux de l'environnement — air, mer, et sol. L'information est analysée, absorbée et assimilée dans des stocks de mémoires soigneusement répertoriées et d'une complexité renversante, et, de cette mémoire, viennent les réponses aux questions que nous posons.

— Des réponses à *toutes* les questions ? demanda Marley, avec un regard oblique, plein de finesse.

Adrastus sourit.

— Nous apprenons à ne pas prendre la peine de poser des questions qui n'ont pas de réponse.

— Et le résultat, dit Marley, est l'équilibre écologique.

— Oui, mais un équilibre écologique *particulier*. Tout au long de l'histoire de la planète, l'équilibre a été maintenu, mais au prix de catastrophes. Après un déséquilibre passager, l'équilibre est rétabli par la famine, une épidémie ou un formidable changement climatique. Nous le maintenons maintenant sans catastrophe par des décalages ou des changements quotidiens, en ne permettant jamais au déséquilibre de s'accroître dangereusement

— C'est, dit Marley, ce que vous disiez jadis... « Le meilleur atout de l'homme est une écologie équilibrée. »

— C'est ce qu'on me fait dire.

— C'est là sur le mur derrière vous.

— Seulement les cinq premiers mots, dit sèchement Adrastus. C'était là sur une longue bande chatoyante, où les mots clignotaient et vivaient : LE MEILLEUR ATOUT DE L'HOMME...

— Vous n'êtes pas obligé de terminer la phrase.

— Que puis-je vous dire d'autre ?

— Puis-je passer quelque temps avec vous et vous regarder travailler ?

— Vous verrez un employé qu'on a auréolé de gloire.

— Je ne le pense pas. Avez-vous des rendez-vous auxquels je pourrais assister ?

— Un rendez-vous aujourd'hui, un jeune garçon qui s'appelle Tansonia, un de nos Luniens. Vous pouvez y assister.

— Des Luniens ? Vous voulez dire…

— Oui, qui vient des laboratoires lunaires. Que le ciel soit loué pour la Lune. Autrement, toutes leurs expériences auraient lieu sur Terre, et nous avons déjà assez d'ennuis pour maintenir l'écologie telle qu'elle est.

— Vous entendez par là les expériences nucléaires et la pollution venant des radiations ?

— J'entends par là beaucoup de choses.

L'expression de Lou Tansonia était un mélange d'excitation et d'appréhension à peine dissimulées.

— Je suis heureux d'avoir cette occasion de vous voir, monsieur le Secrétaire, dit-il en haletant, et en soufflant pour supporter la pesanteur de la Terre.

— Je suis désolé que nous n'ayons pas pu le faire plus tôt, dit doucement Adrastus. J'ai d'excellents rapports sur votre travail. Le monsieur qui est ici est Jan Marley, un écrivain scientifique, et il ne s'occupera pas de nous.

Lou jeta un bref regard à l'écrivain et fit un signe de tête, puis il se tourna, plein d'ardeur, vers Adrastus.

— Monsieur le Secrétaire…

— Asseyez-vous, dit Adrastus.

Lou s'assit, avec ce rien de maladresse que l'on pouvait attendre de quelqu'un qui s'acclimate à la Terre et avec l'air indéfinissable du monsieur qui pense que s'arrêter assez longtemps pour s'asseoir est une perte de temps. Il dit :

— Monsieur le Secrétaire, j'en appelle à vous personnellement en ce qui concerne mon Projet d'application num…

— Je le connais.

— Vous l'avez lu, monsieur ?

— Non, pas moi, mais les ordinateurs l'ont lu. Il a été rejeté.

— Oui ! Mais j'en appelle à vous contre les ordinateurs.

Adrastus sourit et hocha la tête.

— C'est une requête qui me pose des problèmes. Je ne sais pas par quel moyen je pourrais trouver le courage de passer outre aux ordinateurs.

— Mais vous le *devez*, dit sérieusement le jeune homme. Mon domaine est la science génétique.

— Oui, je sais.

— Et la science génétique, poursuivit Lou, sans tenir compte de l'interruption, est au service de la médecine, et il ne devrait pas en être ainsi. Pas entièrement, en tout cas.

— Curieux que vous disiez cela. Vous avez vos diplômes en médecine, et vous avez fait un travail impressionnant en génétique médicale. On m'a dit que, dans deux ans, votre travail pouvait conduire pour de bon à l'élimination complète du diabète sucré.

— Oui, mais ça ne m'intéresse pas. Je ne veux pas poursuivre ces travaux. Que quelqu'un d'autre le fasse. Guérir le diabète n'est qu'un détail, et ça voudra simplement dire que le taux de mortalité descendra légèrement et cela créera une pression un peu plus forte dans le sens d'un accroissement de la population. Je n'ai nulle envie d'arriver à cela.

— Vous ne faites pas grand cas de la vie humaine ?

— Pas sans réserve. Il y a trop de gens sur la Terre.

— Je sais que certains le pensent.

— Vous êtes l'un d'eux, monsieur le Secrétaire Vous avez écrit des articles dans ce sens. Et pour tout homme qui réfléchit — pour vous plus que pour tout autre —, ce que ça donne est évident. La surpopulation signifie le manque de confort, et pour réduire le manque de confort, il faut faire disparaître l'initiative individuelle. Entassez suffisamment de gens dans un lieu, et la seule façon pour eux de pouvoir tous s'y asseoir, c'est qu'ils s'asseyent tous en même temps. Prenez une foule suffisamment dense, et les sons ne pourront se mouvoir rapidement d'un point à un autre qu'en marchant en formation. C'est ce que les hommes sont en train de devenir : une foule qui marche aveuglément sans savoir où elle va ni pourquoi.

— Pendant combien de temps avez-vous répété ce discours, monsieur Tansonia ?

Lou rougit légèrement.

— Et les autres formes de vie diminuent en ce qui concerne le nombre d'espèces et d'individus, à l'exception des plantes que nous mangeons. L'écologie devient plus simple, chaque année.

— Elle demeure équilibrée.

— Mais elle y perd en couleur et en diversité, et nous ne savons même pas dans quelle mesure l'équilibre est bon. Nous acceptons l'équilibre uniquement parce que c'est tout ce que nous avons.

— Que voulez-vous faire ?

— Demandez à l'ordinateur qui a rejeté ma proposition. Je veux instituer un programme pour la science génétique portant sur une grande variété d'espèces, allant des vers aux mammifères. Je veux créer de nouvelles variétés à partir des éléments que nous avons sous la main, mais qui se raréfient, avant qu'ils ne disparaissent tout à fait.

— Dans quel but ?

— Pour créer des écologies artificielles. Créer des écologies fondées sur les plantes et les animaux, différentes de ce qui existe sur la Terre.

— Que comptez-vous y gagner ?

— Je ne sais pas. Si je savais exactement ce que je devrais y gagner, il n'y aurait nul besoin de se livrer à la recherche. Mais je sais que nous devons y gagner. Nous devons en savoir davantage sur ce qui fait marcher une écologie. Jusqu'ici, nous nous sommes contentés de prendre ce que la nature nous offrait, pour le gâcher par la suite, et le détruire et nous accommoder des maigres restes. Pourquoi ne pas mettre sur pied quelque chose et l'étudier ?

— Vous voulez dire le mettre sur pied à l'aveuglette ? Au hasard ?

— Nous n'en savons pas assez pour le faire autrement. La science génétique a comme force motrice de base le hasard de la mutation. Appliqué à la médecine, ce hasard doit être minimisé à tout prix, puisqu'on cherche un effet spécifique. Je veux prendre la composante hasard de la science génétique et m'en servir.

Adrastus resta là, un moment, les sourcils froncés.

— Et comment allez-vous mettre sur pied une écologie qui ait un sens ? Est-ce que cela ne réagira pas sur l'écologie qui existe déjà et est-ce que cela ne risque pas de la déséquilibrer ? C'est un luxe que nous ne pouvons nous offrir.

— Je n'ai pas l'intention d'effectuer les expériences sur la Terre, dit Lou. Sûrement pas.

— Sur la Lune ?

— Pas sur la Lune non plus… Sur les astéroïdes. J'y ai réfléchi depuis que ma proposition a été introduite dans l'ordinateur qui l'a recrachée. Peut-être que cela changera quelque chose. Que pensez-vous des petits astéroïdes, un par écologie ? Consacrez un certain nombre d'astéroïdes à cet effet. Aménagezles convenablement. Équipez-les de sources d'énergie et de transconducteurs. Ensemencez-les de toutes sortes de formes de vie qui pourraient constituer une écologie fermée. Voyez ce qui se passe. Si ça ne marche pas, essayez de calculer pourquoi et enlevez un élément, ou, plus vraisemblablement, ajoutez un élément, ou changez les proportions. Nous créerons une science de l'écologie appliquée, ou, si vous préférez, une science de la technique écologique. Une science qui, du point de vue de la complexité et de la signification, devancera d'un pas la technique génétique.

— Mais quel est l'intérêt de cela, vous ne pouvez le dire.

— L'intérêt spécifique, naturellement pas. Mais comment se pourrait-il que cela n'eût pas d'intérêt ? Cela accroîtra les connaissances dans le domaine même où nous en avons le plus besoin. Il désigna les lettres qui miroitaient derrière Adrastus. Vous l'avez dit vous-même : « Le meilleur atout de l'homme est une écologie équilibrée. » Je vous offre un moyen de faire de la recherche de base en écologie expérimentale. Une chose qui n'a jamais été faite auparavant.

— Combien d'astéroïdes voulez-vous ?

Lou hésita.

— Dix ! dit-il en élevant la voix. Pour commencer.

— Prenez-en cinq, dit Adrastus, en s'emparant du rapport, et en griffonnant rapidement dessus, pour annuler la décision de l'ordinateur.

Par la suite, Marley dit :

— Pouvez-vous continuer à me dire que vous êtes un employé qu'on a auréolé de gloire ? Vous annulez la décision de l'ordinateur et vous distribuez cinq astéroïdes. Comme ça.

— Le Congrès devra donner son approbation. Je suis sûr qu'il le fera.

— Alors vous croyez que la suggestion de ce jeune homme est vraiment bonne.

— Non, je ne le pense pas. Ça ne marchera pas. Malgré son enthousiasme, le problème est si compliqué qu'il faudrait bien plus d'hommes que ceux dont on pourrait disposer, travaillant pendant un nombre d'années bien supérieur à la vie de ce jeune homme, pour mener cette affaire à bien, pour que les résultats soient valables.

— En êtes-vous sûr ?

— C'est ce que dit l'ordinateur. C'est pour cela que le projet a été rejeté.

— Alors, pourquoi avez-vous annulé la décision de l'ordinateur ?

— Parce que moi, et le gouvernement en général, sommes ici afin de préserver quelque chose de bien plus important que l'écologie.

Marley se pencha en avant.

— Je ne comprends pas.

— Parce que vous avez cité de travers ce que j'ai dit il y a si longtemps. Parce que tout le monde le cite de travers. Parce que j'ai prononcé deux phrases, et qu'on les a réunies en une, et que je n'ai jamais pu réussir à les séparer. Il est à croire que la race humaine ne veut pas accepter mes réflexions telles que je les formule.

— Vous voulez dire que vous n'avez pas dit : « Le meilleur atout de l'homme est une écologie équilibrée » ?

— Bien sûr que non. J'ai dit : « Le plus grand *besoin* de l'homme est une écologie équilibrée. »

— Mais sur la bande chatoyante qui est derrière vous, vous dites : « Le meilleur atout de l'homme… »

— C'était le début de la deuxième phrase, que les hommes refusent de citer, mais que je n'ai jamais oubliée : « Le meilleur atout de l'homme est l'esprit qui doute. » Je n'ai pas passé outre à l'avis de l'ordinateur dans l'intérêt de l'écologie. Nous en avons simplement besoin pour vivre. J'ai passé outre pour sauver un esprit de valeur et pour qu'il continue à travailler, un esprit qui doute. Nous en avons besoin pour que l'homme soit l'homme… ce qui est plus important que de se contenter de vivre.

Marley se leva.

— J'imagine, monsieur le Secrétaire, que vous vouliez que j'assiste à cet entretien. C'est la thèse que vous voulez que je rende publique, n'est-ce pas ?

— Disons, répondit Adrastus, que j'ai sauté sur l'occasion pour que mes déclarations soient citées correctement.

Ce fut, hélas, la dernière chose que je vendis à John. Le chèque arriva le 18 août 1970, et, moins d'une année après, il était mort.

Quand la nouvelle fut publiée dans le numéro de janvier 1972 d'*Analog*, mon bon et cher ami, Ben Bova, dirigeait le magazine. Il n'est pas possible de prendre la place de John Campbell, mais Ben s'est fait sa propre place avec succès.

*

La nouvelle suivante fut vraiment le fruit d'une comédie des erreurs. En janvier 1971, à la suite d'un concours compliqué de circonstances, j'ai promis à Bob Silverberg d'écrire une nouvelle pour une anthologie d'œuvres originales qu'il préparait[1].

J'écrivis la nouvelle, et il apparut que ce n'était pas une nouvelle. À ma grande surprise, j'écrivis un roman, *The Gods Themselves*[2] (Doubleday, 1972), mon premier roman de science-fiction depuis quinze ans (si l'on excepte *Le voyage fantastique*, qui n'était pas entièrement de moi).

Ce n'était pas du tout un mauvais roman, puisqu'il reçut le Hugo et le Nébula, et montra au monde de la science-fiction que le vieil homme pouvait encore réussir. Néanmoins, cela me mettait dans le pétrin puisqu'il y avait la nouvelle que j'avais promise à Bob. J'en écrivis donc une autre, *Prenez donc une allumette*, et elle parut dans l'anthologie de Bob, *New Dimensions II* (Doubleday, 1972).

1. Vous vous étonnerez peut-être que je n'explique pas le concours compliqué de circonstances, incorrigible bavard que je suis. Mais Bob considère que ma version se place un peu sur le plan offensif. Alors, passons.

2. *Les Dieux eux-mêmes*, Folio Science-Fiction nº 120. *(N.d.É.)*

Prenez donc une allumette

L'espace était noir ; il était noir partout, dans toutes les directions. Il n'y avait rien à voir ; pas une étoile.

Ce n'était pas parce qu'il n'y avait pas d'étoiles…

Réellement, la pensée qu'il puisse ne pas y avoir d'étoiles, littéralement aucune étoile, avait glacé les entrailles de Per Hanson. C'était le vieux cauchemar qui restait tout simplement à un stade subliminal sous le crâne de ceux qui parcouraient le grand espace.

Lorsque vous faisiez le saut à travers l'univers tachyon, comment pouviez-vous être sûr de l'*endroit* où vous émergeriez ? Le temps et la quantité d'énergie dépensée pouvaient être aussi précisément contrôlés que vous le désiriez, et votre fusionniste pouvait être le meilleur de l'espace, mais le principe d'incertitude régnait en maître, et il existait toujours la possibilité sinon l'inévitabilité d'une erreur du hasard.

Et en matière de tachyons, une erreur aussi mince qu'une feuille de papier pouvait signifier un millier d'années-lumière.

Que se passerait-il donc si vous atterrissiez nulle part ; ou du moins à une distance telle de quelque part que rien ne pourrait vous permettre en tout état de cause de déterminer votre position, et si rien, par conséquent, ne pouvait vous conduire quelque part ?

Impossible, disaient les pontes. Il n'existait aucun endroit dans l'univers d'où l'on ne pouvait voir les quasars, et grâce à ces seuls quasars vous pouviez déterminer votre position. De plus, la possibilité que, au cours de sauts ordinaires, ce hasard seul vous entraîne à l'extérieur de la galaxie n'était que d'environ une sur dix millions, et à la distance de, disons, la galaxie d'Andromède ou de Maffei 1, peut-être d'une sur un quadrillion.

N'y pensez pas, disaient les pontes.

Ainsi quand un vaisseau émerge de son saut, et revient des étranges paradoxes des tachyons plus-rapides-que-la-lumière aux sains nous-savons-tout-ça de tous les tardyons, des protons du bas à ceux du haut, on *doit* voir des étoiles. Si, néanmoins, vous ne les voyez pas, c'est que vous êtes dans un nuage de poussière ; c'est la seule explication. Il y a, dans la galaxie des zones de brouillard épais, comme dans toute galaxie spirale, de la même façon qu'il en existait jadis sur la terre lorsque celle-ci était l'unique patrie de l'humanité, plutôt que cette pièce de musée, conservée avec soin, contrôlée météorologiquement et préservatrice de vie, qu'elle est actuellement.

Hanson était grand et lugubre ; sa peau était tannée comme du cuir ; et ce qu'il ignorait des hyper-vaisseaux qui labouraient en long et en large la galaxie et ses régions directement avoisinantes — à l'exception toujours des mystères des fusionnistes — était encore à découvrir. Pour l'instant il était seul, dans le Coin du capitaine, ainsi qu'il aimait à être Il avait à portée de la main tout ce qu'il fallait pour entrer en communication avec n'importe quel homme ou n'importe quelle femme se trouvant à bord, ainsi qu'avec les données fournies par n'importe quel appareil ou instrument, et il lui plaisait d'être cette présence invisible.

… Bien que, pour l'instant, rien ne lui plût. Il établit le contact et demanda :

— Quoi d'autre, Strauss ?

— Nous sommes dans un amas ouvert d'étoiles, dit la voix de Strauss. (Hanson n'alluma pas le dispositif de vision ; cela aurait signifié montrer son visage et il préférait que son air maladivement soucieux restât caché.)

— Du moins, poursuivit Strauss, ça ressemble à un amas ouvert, d'après le niveau de radiation que nous obtenons dans les zones éloignées de l'infrarouge et d'hyperfréquence. L'ennui est que nous ne parvenons pas à déterminer avec assez de précision des positions pour nous localiser nous-mêmes. C'est sans espoir.

— Rien dans le spectre visible ?

— Rien du tout. Ni à proximité de l'infrarouge. Le nuage de poussière est épais comme de la soupe.

— Il est gros comment ?

— Aucun moyen de le dire.

— Pouvez-vous estimer à quelle distance se trouve son bord le plus proche ?

— Je n'ai même pas un ordre de magnitude. Ce pourrait être une semaine-lumière. Ce pourrait être dix années-lumière. Absolument impossible de le dire.

— Avez-vous parlé à Viluekis ?

— Oui ! répondit laconiquement Strauss.

— Que dit-il ?

— Pas grand-chose. Il fait la gueule. Il prend ça, naturellement, pour une insulte personnelle.

— Naturellement. Hanson soupira en silence. Les fusionnistes étaient puérils comme des enfants et, parce qu'ils jouaient un rôle romantique dans le grand espace, on le leur pardonnait. Je suppose, poursuivit-il, que vous lui avez dit que ce genre d'histoire est imprévisible et peut arriver à tout moment.

— Je le lui ai dit. Et il a répliqué, comme vous pouvez vous y attendre : mais pas à Viluekis.

— Si ce n'est, bien entendu, que c'est arrivé. Eh bien, *je* ne peux pas lui parler. Tout ce que je lui dirai ne signifiera absolument rien, sinon que j'essaie de jouer de ma position à bord, et alors nous n'en tirerons plus rien... Il ne veut pas faire fonctionner la cuiller ?

— Il dit qu'il ne peut pas. Il dit qu'elle serait endommagée.

— Comment peut-on endommager un champ magnétique !

Strauss grogna.

— Ne lui dites pas ça. Il vous dira qu'il y a plus qu'un champ magnétique dans un tube à fusion, et il vous dira ensuite que vous essayez de l'humilier.

— Oui, je sais... Bon, écoutez, mettez tout et tout

le monde sur le nuage. Il doit bien y avoir une façon quelconque de faire une sorte d'estimation en ce qui concerne la position et la distance du bord le plus proche.

Il coupa le contact.

Hanson fronça les sourcils au moment où son image allait disparaître.

Le bord le plus proche ! Il était douteux qu'à la vitesse du vaisseau (relative quant à son environnement), ils oseraient dépenser l'énergie nécessaire à un changement radical de leur trajectoire.

Ils s'étaient déplacés au cours du saut à la moitié de la vitesse de la lumière par rapport au noyau galactique dans l'univers tardyon, et ils sortiraient du saut (naturellement) à la même vitesse. Ce qui avait toujours paru comporter un élément de risque. Après tout, supposez que vous vous retrouviez, au retour, dans le proche voisinage d'une étoile, piquant droit sur elle à la moitié de la vitesse de la lumière.

Les théoriciens niaient cette éventualité. Se retrouver dangereusement près d'un corps céleste important à la suite d'un saut n'était pas ce à quoi on pouvait raisonnablement s'attendre. C'est ce que disaient aussi les grands pontes. Les forces gravitationnelles étaient impliquées dans le saut et, en ce qui concernait le passage du tardyon au tachyon, ainsi que le retour au tardyon, ces forces étaient de nature répulsive. En fait, c'était l'effet de hasard d'une force gravitationnelle précise, qu'il était toujours impossible de calculer dans ses moindres détails, qui entrait pour une bonne part dans l'incertitude du saut.

De plus, ils diraient : « Fiez-vous à l'instinct du fusionniste. Un bon fusionniste ne se trompe jamais. »

Excepté que ce fusionniste-là les avait fait sauter dans un nuage.

— Oh, ça ! Ça arrive tout le temps. C'est sans importance. Savez-vous de quelle *minceur* sont la plupart des nuages ? Vous ne vous rendez même pas compte que vous êtes dedans.

(Pas ce nuage-ci, ô grand ponte.)

— En fait, les nuages vous sont profitables. Les cuillers n'ont pas à travailler aussi longtemps ni aussi dur pour maintenir la fusion et emmagasiner l'énergie.

(Pas ce nuage-ci, ô grand ponte.)

— Eh bien, alors, fiez-vous au fusionniste pour qu'il réfléchisse au moyen de vous en sortir.

(Mais s'il n'existait aucun moyen d'en sortir ?)

Hanson essaya d'éluder cette dernière pensée. Il s'efforça réellement de ne pas y penser. Mais comment faire pour ne pas penser à une pensée qui est bien la chose qui résonne le plus fort dans votre tête ?

Henry Strauss, l'astronome du vaisseau, était lui-même dans un état de profonde dépression. Si ce qui était arrivé avait été une catastrophe brutale, c'aurait été acceptable. Personne à bord d'aucun hypervaisseau ne pouvait s'aveugler sur la possibilité d'une catastrophe. Vous y étiez préparé — ou vous efforciez de l'être... bien que, naturellement, ce fût encore pire pour les passagers.

Mais lorsque la catastrophe impliquait quelque chose qui vous tenait tellement à cœur que pour l'observer et l'étudier, vous auriez donné n'importe quoi, et lorsque vous découvriez que, professionnellement, la découverte de toute une vie était précisément ce qui était en train de vous tuer...

Il poussa un profond soupir.

C'était un homme corpulent. Il portait des verres de contact teintés qui donnaient une couleur et un éclat faux à des yeux qui, autrement, auraient été très précisément assortis à une personnalité insipide.

Le capitaine ne pouvait rien faire. Il le savait. Le capitaine pouvait bien être le maître absolu de tout le reste du vaisseau, mais un fusionniste n'en faisait qu'à sa tête, et il en avait toujours été ainsi. Même pour les passagers (il y pensa avec un certain dégoût), le fusionniste est le roi des routes de l'espace et n'importe qui, à côté de lui, est réduit à l'impuissance.

C'était une question d'offre et de demande. Les ordinateurs pouvaient calculer la quantité et la durée exactes de l'énergie consommée, ainsi que la position et la direction exactes (si le mot « direction » signifiait quelque chose lorsqu'on passait du tardyon au tachyon), mais la marge d'erreur était considérable, et seul un fusionniste de talent pouvait la réduire. Qu'est-ce qui donnait à un fusionniste ce talent, personne ne le savait — c'étaient des êtres vivants et non des machines. Mais les fusionnistes savaient qu'ils possédaient ce talent et il s'était toujours trouvé quelqu'un pour l'exploiter.

Viluekis n'était pas si mal par rapport au niveau moyen des fusionnistes — dont le niveau moyen, il est vrai, était plutôt inférieur à la moyenne. Du moins Strauss et lui s'adressaient-ils la parole, même si Viluekis s'était facilement approprié la plus jolie passagère qui se trouvait à bord, après que Strauss l'avait, le premier, remarquée. (Cela faisait en quelque sorte partie des droits régaliens des fusionnistes lorsqu'ils étaient en voyage.)

Strauss entra en contact avec Anton Viluekis. Il lui fallut du temps pour y parvenir et, quand il y réussit, Viluekis paraissait irrité, il avait l'air chiffonné et l'œil triste.

— Dans quel état est le tube ? demanda doucement Strauss.

— Je crois que je l'ai fermé à temps. Je l'ai examiné et je n'ai trouvé aucun dégât. À présent — il se considéra avec un esprit critique —, il faut que je mette tout en ordre.

— Au moins, il n'est pas endommagé.

— Mais nous ne pouvons pas l'utiliser.

— Nous *pourrions* l'utiliser, dit Strauss d'un ton insinuant. Nous ne pouvons dire ce qui arrivera. Si le tube était abîmé ce qui s'est passé dehors n'aurait aucune importance, mais, maintenant, si le nuage s'éclaircit..

— Si… si… si… Je vais vous dire un autre « si ». Si vos stupides astronomes avaient su qu'il y avait un nuage ici, j'aurais pu l'éviter.

C'était totalement hors de propos, et Strauss ne mordit pas à l'hameçon.

— Il pourrait s'éclaircir, dit-il.

— Que donne l'analyse ?

— Rien de bon, Vil. C'est le nuage hydroxyle le plus épais qu'on ait jamais observé. Il n'existe nulle part dans la galaxie, pour autant que je le sache, un endroit où l'hydroxyle se soit concentré avec une telle densité.

— Et pas d'hydrogène ?

— Un peu d'hydrogène, évidemment. Environ cinq pour cent.

— Ce n'est pas assez, dit Viluekis, sèchement. Il y a autre chose avec cet hydroxyle. Quelque chose qui m'ennuie plus que l'hydroxyle. Avez-vous pu le repérer ?

— Oh ! oui. Du formaldéhyde. Il y a plus de formaldéhyde que d'hydrogène. Comprenez-vous ce que cela signifie, Vil ? Quelque processus a concentré l'oxygène et le carbone dans l'espace en des masses inouïes ; assez peut-être pour épuiser l'hydrogène dans un volume qui se comptait en années-lumière cubes. Il n'y a rien que je connaisse ou que je puisse imaginer qui soit susceptible d'expliquer une telle chose.

— Qu'essayez-vous de dire, Strauss ? Êtes-vous en train de me raconter qu'il n'existe qu'un seul nuage de ce genre dans l'espace et que je suis assez stupide pour atterrir dedans ?

— Je ne dis pas ça, Vil. Je dis ce que vous m'entendez dire, rien de plus et vous ne m'avez pas entendu dire ça. Mais, Vil, nous comptons sur vous pour en sortir. Je ne peux pas demander de secours parce que je ne peux émettre un super-rayon sans savoir où nous sommes ; je ne peux pas savoir où nous sommes parce que je ne peux localiser aucune étoile…

— Et je ne peux pas utiliser le tube à fusion, mais pourquoi serais-je le salaud ? Vous ne pouvez pas faire votre travail, vous non plus, et pourquoi le fusionniste serait-il toujours le salaud ? Viluekis semblait prêt à éclater de colère. C'est votre affaire, Strauss, c'est votre affaire. Dites-moi où faire croiser le vaisseau pour trouver de l'hydrogène. Dites-moi où se trouve le bord du nuage… Et puis, au diable le bord du nuage ! Trouvez-moi le bord de ce machin hydroxyle-formaldéhyde.

— J'espère que je le pourrai, dit Strauss, mais jusqu'à maintenant, je ne trouve que l'hydroxyle et du formaldéhyde partout où je donne des coups de sonde.

— Nous ne pouvons pas faire fusionner ce truc.

— Je sais.

— Parfait, dit Viluekis avec violence, ceci est l'exemple de l'erreur du gouvernement qui essaie de légiférer en matière de supersécurité au lieu de laisser celle-ci à l'appréciation immédiate du fusionniste. Si nous étions à même de faire le double saut, il n'y aurait pas de problème.

Strauss savait exactement ce que voulait dire Viluekis. On était toujours tenté de gagner du temps en faisant deux sauts rapprochés, mais si un saut comportait certains aléas inévitables, deux sauts consécutifs multipliaient considérablement ces aléas, et le meilleur fusionniste lui-même n'y pouvait pas grand-chose. La multiplication de l'erreur allongeait presque toujours, considérablement, la durée totale du voyage.

C'était une règle absolue de l'hypernavigation : il fallait compter une journée entière de croisière entre deux sauts — trois jours pleins étaient encore préférables. Cela laissait assez de temps pour préparer le saut suivant avec tout le soin nécessaire. Pour que cette règle ne fût pas enfreinte, chaque saut était accompli dans des conditions telles que la réserve d'énergie devenait insuffisante pour un nouveau saut. Pour au moins quelque temps, les cuillers devaient ramasser l'hydrogène et le comprimer, le fusionner, et emmagasiner l'énergie, l'accumulant jusqu'à l'allumage du saut. Et il fallait d'ordinaire au moins un jour pour emmagasiner l'énergie nécessaire à un saut.

Strauss dit :

— Combien vous manque-t-il d'énergie, Vil ?

— Pas beaucoup. Comme ceci. Il montra entre son pouce et son index un espace d'environ un demi-centimètre. C'est assez, malgré tout.

— Dommage, dit simplement Strauss.

La réserve d'énergie était enregistrée et pouvait être contrôlée, mais même ainsi, on savait que les fusionnistes arrangeaient les enregistrements de telle sorte qu'ils laissaient eux-mêmes une certaine dérive pour ce second saut.

— En êtes-vous sûr ? dit-il. Supposez que vous mettiez en route les générateurs de secours, que vous éteigniez toutes les lumières...

— Et la circulation d'air, et les appareils accessoires, et le dispositif d'hydroponiques ? Je sais. Je sais. J'ai pensé à tout cela et nous ne pouvons absolument pas le faire... Il y a votre stupide règlement de sécurité du double saut.

Strauss s'efforça encore de garder son sang-froid. Il savait — comme tout le monde — que c'était la confrérie des fusionnistes qui avait été le moteur d'un tel règlement. Un double saut, quelquefois ordonné par le capitaine, tournait, plus souvent qu'à son tour, à la confusion du fusionniste... Mais dans ce cas, il y avait quand même un avantage. Avec une navigation obligatoire entre deux sauts, il s'écoulait au moins une semaine avant que les passagers s'inquiètent et ne deviennent soupçonneux, et, au cours de cette semaine, quelque chose pouvait arriver. Jusqu'ici, ça ne faisait pas tout à fait un jour.

— Êtes-vous sûr que vous ne pouvez rien faire avec votre système ? demanda-t-il. Filtrer, pour les évacuer, certaines impuretés.

— Les filtrer ! Ce ne sont pas des impuretés, c'est

tout le nuage. C'est l'hydrogène ici qui est l'impureté. Écoutez, il me faut un demi-milliard de degrés pour obtenir la fusion des atomes de carbone et d'oxygène. Probablement un milliard. Ce n'est pas possible et je n'essaierai pas. Si j'essaie quelque chose et que ça ne marche pas, ce sera ma faute, et je n'y tiens pas. C'est à vous de me mener à l'hydrogène et vous allez le faire. Vous conduisez ce vaisseau jusqu'à l'hydrogène. Je me moque du temps que cela prendra.

Strauss dit :

— Nous ne pouvons aller plus vite que nous le faisons actuellement, en raison de la densité du milieu, Vil. Et à une vitesse inférieure de moitié à celle de la lumière nous risquerions de naviguer pendant deux ans… peut-être même vingt ans…

— Eh bien, réfléchissez, *vous*, au moyen de nous en sortir. Vous ou le capitaine.

Strauss coupa le contact, au désespoir. Il n'existait vraiment aucune possibilité d'avoir une conversation rationnelle avec un fusionniste. Il avait entendu parler d'une théorie que l'on avançait (et avec le plus grand sérieux) comme quoi la fréquence des sauts affectait le cerveau. Au cours du saut, à l'ordinaire, chaque tardyon devait se transformer en un tachyon identique équivalent, puis revenir à nouveau à son état primitif. Si cette double conversion était imparfaite, fût-ce de la façon la plus légère, l'effet en apparaîtrait à l'évidence d'abord dans le cerveau, qui était de loin l'élément le plus complexe qui eût jamais effectué cette translation. Naturellement, aucun effet pernicieux n'avait jamais été expérimentalement démontré, et aucune promotion d'officiers d'hypervaisseau n'avait paru, à la longue, perdre de sa valeur, en dehors de ce que l'on pouvait attribuer au simple vieillissement. Mais peut-être que ce qui se trouvait dans les cerveaux des fusionnistes et faisait d'eux des fusionnistes et leur permettait d'aller, par pure intuition, au-delà des limites des meilleurs ordinateurs, était-il particulièrement complexe et donc particulièrement vulnérable.

Conneries ! Cela n'avait rien à voir ! Les fusionnistes étaient tout simplement des tordus !

Il hésita. Devait-il tenter de joindre Cheryl ? Si quelqu'un pouvait aplanir les choses, c'était bien elle, et une fois qu'elle aurait proprement fait sauter sur ses genoux ce vieux bébé de Vil, il pourrait penser à un moyen de faire fonctionner les tubes à fusion d'hydroxyle ou pas.

Croyait-il réellement que Viluekis le pouvait, quelles que fussent les circonstances ? Ou bien s'efforçait-il de fuir la pensée d'une croisière qui durerait des années ? Certes, les hypervaisseaux étaient, en principe, prévus pour une telle éventualité, mais cette éventualité ne s'était jamais présentée et les équipages — et encore moins les passagers — n'y étaient certainement *pas* préparés.

Mais s'il parlait à Cheryl, que pourrait-il lui dire qui ne ressemblât pas à un ordre. Celui de séduire ?

Cela ne faisait qu'une journée et il n'était pas encore prêt à jouer les proxénètes pour un fusionniste.

Attendre ! En tout cas, encore un peu !

Viluekis était renfrogné. Il se sentait un peu mieux depuis qu'il avait pris un bain, et il était satisfait de s'être montré aussi ferme avec Strauss. Pas un mauvais gars, Strauss, mais comme tous les autres (« les autres », le capitaine, l'équipage, les passagers, tous les stupides non-fusionnistes de l'univers), il voulait se décharger de sa responsabilité. Mettre tout sur le dos du fusionniste. C'était toujours la même chanson et il était, lui, un fusionniste qui ne voulait pas la chanter.

Cette allusion à une croisière de plusieurs années n'était qu'une façon de tenter de l'effrayer. Si vraiment ils voulaient y réfléchir, ils arriveraient à découvrir les limites du nuage et là, quelque part, il devrait y avoir un bord plus rapproché. Il était bien invraisemblable qu'ils eussent atterri au beau milieu du nuage. Naturellement, s'ils avaient atterri près d'un bord et s'ils se dirigeaient vers l'autre…

Viluekis se leva et s'étira. Il était grand, et ses sourcils avaient l'air de dais posés au-dessus de ses yeux.

Supposons que cela prenne des années. Aucun hypervaisseau n'avait croisé pendant des années. La croisière la plus longue avait duré quatre-vingt-huit jours et treize heures, quand l'un des vaisseaux s'était arrangé pour se retrouver en mauvaise position par rapport à une étoile diffuse et avait dû s'éloigner à des vitesses qui avaient dépassé les neuf dixièmes de celle de la lumière avant qu'il pût raisonnablement faire le saut.

Ils avaient survécu et ç'avait été une croisière d'un quart d'année. Naturellement, *vingt* années…

Mais c'était impossible.

Le signal lumineux s'alluma trois fois avant qu'il en prît vraiment conscience. Si c'était ce capitaine qui venait le voir, personnellement, il s'en irait encore plus vite qu'il n'était venu.

— Anton !

La voix était douce, pressante, et sa contrariété s'envola partiellement. Il laissa la porte se renfoncer dans son alvéole et Cheryl entra. La porte se referma derrière elle.

Elle avait environ vingt-cinq ans, des yeux verts, un menton volontaire, des cheveux d'un roux mat, et une silhouette superbe dont l'éclat ne se dissimulait pas sous grand-chose.

— Anton, dit-elle, il y a quelque chose qui ne va pas ?

Viluekis n'était pas assez pris à l'improviste pour admettre une telle chose. Même un fusionniste n'était pas assez bête pour révéler quoi que ce soit prématurément à un passager.

— Pas du tout. Qu'est-ce qui vous fait croire ça ?

— C'est un passager qui le dit. Un certain Martand.

— Martand ? Qu'est-ce qu'il en sait ? Puis, d'un air soupçonneux : Et qu'est-ce qui vous prend de prêter l'oreille à un passager un peu dérangé ? A quoi ressemble-t-il ?

Cheryl eut un sourire triste.

— C'est simplement quelqu'un qui a lié conversation avec moi dans le promenoir. Il doit approcher de la soixantaine, et il est parfaitement inoffensif, bien que je ne pense pas que ça lui plaise. Mais ce n'est pas la question. On ne voit aucune étoile, tout le monde peut s'en rendre compte, et Martand a dit que c'était significatif.

— Vraiment ? Nous traversons simplement un nuage. Il y a des tas de nuages dans la galaxie et les hypervaisseaux les traversent sans arrêt.

— Oui, mais Martand dit que d'ordinaire on peut voir quelques étoiles, même dans un nuage.

— Qu'est-ce qu'il en sait ? répéta Viluekis. C'est un vétéran du grand espace ?

— Noo-on, reconnut Cheryl. À la vérité, c'est son premier voyage. Mais je crois qu'il en connaît un bout.

— Tu parles ! Écoutez, allez le voir et dites-lui de la fermer. Il peut être mis au secret pour ça. Et, vous, ne colportez pas ce genre d'histoires.

Cheryl pencha la tête de côté.

— Franchement, Anton, vous donnez l'impression que nous *sommes* vraiment en difficulté. Ce Martand — il s'appelle Louis Martand — est un type intéressant. C'est un instituteur — il enseigne les sciences générales à des gosses de treize ans.

— Un instituteur du primaire ! Seigneur Dieu, Cheryl…

— Mais vous devriez l'écouter. Il dit qu'enseigner aux enfants est une des rares professions où vous êtes obligé d'avoir quelques connaissances dans tous les domaines, parce que les gosses posent des tas de questions et qu'ils sont capables de s'apercevoir qu'on les mène en bateau.

— Eh bien, peut-être que votre spécialité devrait être aussi de vous apercevoir qu'on vous mène en bateau. Alors Cheryl, vous allez lui dire de la fermer ou c'est moi qui m'en chargerai.

— Très bien. Mais d'abord… est-il vrai que nous traversons un nuage hydroxyle et que le tube à fusion est fermé ?

Viluekis ouvrit la bouche, puis la referma. Il s'écoula un certain temps avant qu'il dise :

— Qui vous a raconté ça ?

— Martand. J'y vais maintenant.

— Non, dit Viluekis d'un ton abrupt. Attendez un peu. À combien de gens Martand en a-t-il parlé ?

— À personne. Il a dit qu'il ne voulait pas semer la panique. J'étais là quand il y réfléchissait, je suppose, et je crois qu'il n'a pas pu s'empêcher de dire quelque chose.

— Sait-il que vous me connaissez ?

Le front de Cheryl se plissa légèrement.

— Je crois que j'y ai fait vaguement allusion.

Viluekis renifla.

— Ne croyez pas que ce vieux cinglé que vous

avez ramassé veut absolument essayer de vous montrer comme il est formidable. C'est moi qu'il essaie d'impressionner à travers vous.

— Absolument pas, dit Cheryl. En fait, il m'a bien spécifié de ne rien vous dire.

— En sachant, bien entendu, que vous viendriez me voir immédiatement.

— Pourquoi voudrait-il que je fasse ça ?

— Pour me démasquer. Vous savez ce que c'est que d'être un fusionniste ? De voir tout le monde irrité par vous, contre vous, parce que vous êtes tellement *indispensable*, parce que…

— Mais qu'est-ce que ça a à voir avec ça ? Si Martand se trompe complètement, comment cela vous démasquerait-il ? Et s'il a raison… A-t-il raison, Anton ?

— Eh bien, que vous a-t-il dit exactement ?

— Je ne suis pas sûre de pouvoir tout me rappeler, bien sûr, dit Cheryl pensivement. Ça s'est passé après notre sortie du saut, exactement quelque heures plus tard. À ce moment-là, tout le monde parlait du fait qu'on ne voyait aucune étoile. Dans le promenoir, ils disaient tous qu'il faudrait bientôt effectuer un second saut, ou alors quel était l'intérêt d'un voyage dans le grand espace si l'on ne voyait rien. Naturellement, nous savions que nous devions croiser pendant au moins un jour. Puis Martand est entré, il m'a vue, et il est venu me parler… Je crois que je lui plais plutôt.

— Je crois qu'il ne me plaît plutôt pas, dit Viluekis en ricanant.

« Continuez. »

— Je lui ai dit que c'était plutôt lugubre de ne rien voir, et il a dit que ça durerait encore un certain temps, et il paraissait contrarié. Naturellement, je lui ai demandé pourquoi il disait ça, et il a répondu que c'était parce que le tube à fusion avait été fermé.

— Qui lui a raconté ça ? demanda Viluekis.

— Il a dit qu'il y avait, avant, un léger bourdonnement, perceptible dans un des W.-C. des hommes, et qu'on ne l'entendait plus maintenant. Et il a dit qu'il y avait dans le placard de la salle de jeux, là où l'on met les échiquiers, un endroit où le mur paraissait chaud à cause du tube à fusion et que cet endroit, à présent, n'était plus chaud du tout.

— C'est tout ce qu'il a comme preuve ?

Cheryl ignora cette remarque et poursuivit :

— Il a dit qu'il n'y avait pas d'étoiles visibles parce que nous nous trouvions dans un nuage de poussière et que les tubes à fusions avaient dû être arrêtés parce qu'il n'y avait pour ainsi dire pas d'hydrogène à leur injecter. Il a dit qu'il n'y aurait probablement pas suffisamment d'énergie pour déclencher un autre saut, et que, si nous cherchions de l'hydrogène, nous pourrions être obligés de naviguer pendant des années pour sortir du nuage.

Le froncement de sourcils de Viluekis devint menaçant.

— C'est un semeur de panique. Savez-vous ce que…

— Non, ce n'en est *pas* un. Il m'a dit de n'en parler à personne parce qu'il a dit que cela créerait de la panique et qu'en outre ça n'arriverait pas. Il m'en a seulement parlé parce qu'il venait juste d'y réfléchir et que cela l'excitait terriblement et qu'il fallait qu'il en parle à quelqu'un, mais il a dit qu'il existait un moyen facile de s'en sortir et que le fusionniste saurait ce qu'il y avait à faire, si bien qu'il n'y avait aucune raison de se tracasser… Mais c'est vous le fusionniste, et il m'a semblé que je devais vous demander s'il ne se trompait vraiment pas à propos du nuage et si vous vous en étiez véritablement occupé.

— Ce petit instituteur du primaire de vos amis ne comprend rien à rien. Tenez-le simplement à l'écart… Euh, vous a-t-il *dit* ce qu'était ce moyen soi-disant facile de s'en sortir ?

— Non. J'aurais dû lui demander ?

— Non ! Pourquoi auriez-vous dû le lui demander ? Qu'en saurait-il ? Mais alors… Très bien, demandez-lui. Je suis curieux de savoir ce que cet idiot a dans la tête. Demandez-lui.

Cheryl hocha la tête.

— Je peux le faire. Mais sommes-nous en difficulté ?

Viluekis dit abruptement :

— Supposons que vous me laissiez m'occuper de ce problème. Nous ne sommes pas en difficulté tant que que je n'ai pas dit que nous sommes en difficulté.

Après son départ, il regarda longtemps la porte fermée, tout à la fois irrité et mal à l'aise. Qu'est-ce qui permettait à ce Louis Martand — ce petit instituteur — de prétendre qu'il avait deviné juste ?

S'il advenait finalement qu'une croisière prolongée s'avérât nécessaire, les passagers auraient besoin qu'on leur annonce la nouvelle avec précaution, ou sinon aucun d'eux ne survivrait. Avec Martand l'annonçant à grand bruit à qui voulait l'entendre…

Presque furieux, Viluekis ferma avec un bruit sec la combinaison qui devait faire venir le capitaine.

Martand était mince et d'apparence soignée. Ses lèvres semblaient toujours sur le point de sourire, bien que son visage et son comportement fussent imprégnés d'une gravité polie ; une gravité presque d'expectative, comme s'il attendait toujours que la personne à qui il parlait dise quelque chose de vraiment important.

— J'ai parlé à M. Viluekis, lui dit Cheryl. C'est le fusionniste, vous savez. Je lui ai rapporté ce que vous aviez dit.

Martand parut choqué. Il secoua la tête.

— Je crois malheureusement que vous n'auriez pas dû faire une chose pareille !

— Effectivement, il a eu l'air mécontent.

— Bien sûr. Les fusionnistes sont des gens très à part et ils n'aiment pas les outsiders…

— J'ai pu m'en rendre compte. Mais il a affirmé avec insistance qu'il n'y avait pas lieu de se tracasser.

— Bien sûr que non, dit Martand, en lui prenant la main et en la tapotant dans un geste de réconfort mais, par la suite, ne la lâchant pas. Je vous ai dit que la solution était facile. En ce moment, il est probablement en train de s'y coller. Je crois toutefois qu'il lui faudra un certain temps avant d'y penser.

— Penser à quoi ? Puis, avec chaleur : Pourquoi n'y penserait-il pas, puisque *vous* y avez pensé ?

— Mais c'est un spécialiste, voyez-vous, ma chère petite dame. Les spécialistes pensent en fonction de leur spécialité et ont beaucoup de difficulté à faire autrement. Quant à moi, je ne risque pas de tomber dans ces ornières. Quand je fais une démonstration à l'école, je dois improviser la plupart du temps. Je ne me suis jamais trouvé dans une école où l'on disposait de micropiles à proton, et j'ai dû construire un générateur thermo-électrique au kérosène lorsque nous nous sommes lancés dans des petits voyages.

— Qu'est-ce que le kérosène ? demanda Cheryl.

Martand se mit à rire. Il semblait ravi.

— Voyez comme les gens oublient. Le kérosène est une espèce de liquide inflammable. Une source d'énergie encore plus primitive que j'ai dû utiliser à de nombreuses reprises était un feu de bois qu'on allumait par friction. N'êtes-vous jamais tombée par hasard sur un de ces trucs ? Vous prenez une allumette…

Cheryl paraissait désorientée et Martand poursuivit avec indulgence :

— Eh bien, ça ne fait rien. J'essaie seulement de vous faire comprendre que votre fusionniste devra penser à quelque chose de plus primitif que la fusion et que ça lui prendra un certain temps. En ce qui me concerne, j'ai l'habitude de travailler avec des méthodes primitives… Par exemple, savez-vous ce qu'il y a à l'extérieur ?

Il désigna le hublot d'observation qui était absolument obscur ; tellement obscur que le promenoir s'était effectivement dépeuplé depuis qu'on n'y voyait plus rien du tout.

— Un nuage. Un nuage de poussière.

— Ah, mais de quelle sorte ? Le seul élément que l'on rencontre toujours et partout est l'hydrogène. C'est la matière originelle de l'univers et les hypervaisseaux en sont tributaires. Aucun vaisseau ne peut emporter assez de carburant pour accomplir des doubles sauts ou pour accélérer afin d'atteindre une vitesse proche de la lumière et décélérer, à plusieurs reprises. Nous devons puiser le carburant dans l'espace.

— Voyez-vous, cela m'a toujours étonnée. Je pensais que l'espace était vide !

— *Presque* vide, ma chère, et ce presque est aussi bon qu'un festin. Lorsque vous voyagez à la vitesse de cent soixante mille kilomètres à la seconde, vous parvenez à puiser et à comprimer une certaine quantité d'hydrogène, même lorsque l'on n'en rencontre que quelques atomes au centimètre cube. Et de petites masses d'hydrogène, fusionnant régulièrement, fournissent toute l'énergie dont nous avons besoin. À l'intérieur des nuages, l'hydrogène est, d'une manière générale, encore plus dense, mais les impuretés peuvent provoquer des perturbations, comme dans ce nuage-ci.

— Comment pouvez-vous dire que celui-ci contient des impuretés ?

— Pour quelle autre raison M. Viluekis aurait-il fermé le tube à fusion ? Après l'hydrogène, les éléments les plus répandus dans l'univers sont l'hélium, l'oxygène et le carbone. Si on a arrêté les pompes à fusion, cela signifie qu'il y a pénurie de combustible — l'hydrogène — et présence de quelque chose qui endommagera le système complexe de fusion. Ce ne peut être l'hélium, qui est inoffensif. C'est probablement des composés hydroxyles, une combinaison oxygène-hydrogène. Comprenez-vous ?

— Je crois, dit Cheryl. J'ai fait des études de sciences générales au lycée, et je m'en souviens un peu. La poussière est en réalité faite de composés hydroxyles fixés à des grains de poussière.

— Ou, en fait, libres, à l'état gazeux. Même un hydroxyle n'est pas trop dangereux pour le système de fusion, en quantité modérée, mais les composés du carbone le sont. C'est le formaldéhyde le plus probable et j'imagine qu'il doit se trouver dans la proportion de un à quatre, parmi les hydroxyles. Vous comprenez maintenant ?

— Non, dit Cheryl catégoriquement.

— De tels composés n'entreront pas en fusion. Si vous les chauffez à une température de quelques centaines de millions de degrés, ils se réduiront à de simples atomes, et la concentration d'oxygène et de carbone endommagera simplement le système. Mais pourquoi ne pas les traiter à des températures ordinaires ? L'hydroxyle se combinera, après compression, avec le formaldéhyde, dans une réaction chimique qui ne causera aucun dommage au système. Du moins je suis sûr qu'un bon fusionniste pourrait modifier le système pour contrôler une réaction chimique à la température ambiante. L'énergie de la réaction peut être stockée et, au bout d'un moment, il y en aura assez pour rendre un saut possible.

— Je ne comprends pas, dit Cheryl. Les réactions chimiques produisent très peu d'énergie, comparativement à la fusion.

— Vous avez tout à fait raison, ma chère. Mais nous n'en avons pas besoin de beaucoup. Le saut précédent nous a laissé trop peu d'énergie pour que nous procédions immédiatement à un second saut — c'est le règlement. Mais je parie que votre ami le fusionniste, a veillé à ce qu'il manque aussi peu d'énergie que possible. Les fusionnistes, en général, agissent ainsi. Le petit supplément nécessaire à l'allumage peut être fourni par des réactions chimiques ordinaires. Puis, une fois que le saut nous aura fait sortir du nuage, une croisière d'une semaine, ou à peu près, remplira à nouveau nos réservoirs à énergie, et nous pourrons continuer sans danger. Naturellement… Martand leva les sourcils et haussa les épaules.

— Oui ?

— Naturellement, dit Martand, si pour une raison ou pour une autre, M. Viluekis devait différer son action, il pourrait y avoir des ennuis. Chaque jour qui s'écoule avant un saut consomme l'énergie nécessaire à la vie quotidienne d'un vaisseau, et au bout d'un certain laps de temps, les réactions chimiques ne fourniront pas l'énergie nécessaire à l'allumage du saut. J'espère qu'il n'attendra pas trop longtemps.

— Eh bien, pourquoi ne le lui dites-vous pas ? Dès maintenant.

Martand secoua la tête.

— Dire quelque chose à un fusionniste ? Je ne peux pas le faire, ma chère.

– Alors, je le ferai.

— Oh ! non. Il y pensera sûrement tout seul. En fait, ma chère, je vais vous faire un pari. Vous allez lui rapporter exactement ce que j'ai dit et lui dire que je vous ai dit qu'il y avait déjà pensé lui-même et que le tube à fusion fonctionnait. Et, naturellement, si je gagne…

Martand sourit.

Cheryl sourit à son tour.

— Je verrai, dit-elle.

Martand la regarda pensivement tandis qu'elle

s'éloignait d'un pas vif, ses pensées ne se concentrant pas toutes sur la possible réaction de Viluekis.

Il ne fut pas surpris quand un garde du vaisseau surgit pratiquement de nulle part et lui dit :

— Je vous prie de me suivre, monsieur Martand.

Martand dit tranquillement :

— Merci de m'avoir laissé terminer. J'avais peur que non

Un peu plus de six heures s'écoulèrent avant que Martand reçût l'autorisation de voir le capitaine. Son emprisonnement (ce qu'il considérait comme tel) était une sorte de quarantaine, mais ne lui fut pas pénible ; et le capitaine, quand il le vit, lui parut fatigué et pas particulièrement hostile.

— On m'a rapporté, dit Hanson, que vous répandiez des rumeurs destinées à semer la panique chez les passagers. C'est une grave accusation.

— Je n'ai parlé qu'à un passager, monsieur. Et c'était à dessein.

— C'est ce que nous savons. Nous vous avons immédiatement placé sous surveillance et j'ai un rapport, assez complet, sur la conversation que vous avez eue avec Mlle Cheryl Winter. C'était la deuxième conversation sur ce sujet.

— Oui, monsieur.

— Apparemment vous désiriez que l'essentiel de cette conversation soit rapporté à M. Viluekis.

— Oui, monsieur.

— Vous n'avez pas envisagé de vous rendre vous-même auprès de M. Viluekis ?

— Je ne crois pas qu'il m'aurait écouté, monsieur.

— Et moi ?

— Vous m'auriez écouté, mais comment auriez-vous transmis le renseignement à M. Viluekis ? Vous auriez pu alors être vous-même obligé de vous servir de Mlle Winter. Les fusionnistes ont leurs particularités.

Le capitaine approuva distraitement d'un signe de tête.

— Qu espériez-vous qu'il arriverait, une fois que Mlle Winter aurait fourni le renseignement à M. Viluekis ?

— Monsieur, dit Martand, j'espérais qu'il serait moins sur la défensive avec elle qu'avec quiconque, qu'il se sentirait moins menacé. J'espérais qu'il rirait et dirait que c'était une idée toute simple qui lui était venue depuis longtemps et que, en vérité, les cuillers fonctionnaient déjà, pour provoquer la réaction chimique. Puis, lorsqu'il se serait débarrassé de Mlle Winter, et j'imagine que ça n'aurait pas traîné, il aurait mis en route les cuillers et vous aurait rendu compte, à vous, monsieur, de ce qu'il avait fait, en omettant toute référence à Mlle Winter ou à moi-même.

— Vous ne pensez pas qu'il pouvait ne pas tenir compte de cette idée, la jugeant irréalisable ?

— Il y avait cette possibilité, mais ça ne s'est pas produit.

— Comment le savez-vous ?

— Parce que, une demi-heure après le début de ma détention, monsieur, les lumières de la pièce où j'étais enfermé ont baissé sensiblement et n'ont pas retrouvé leur éclat. J'ai supposé que l'on avait rogné jusqu'à l'os sur les dépenses d'énergie du vaisseau, et j'ai supposé, plus tard, que Viluekis jouait son va-tout afin que la réaction chimique soit suffisante pour l'allumage.

Le capitaine fronça les sourcils.

— Qu'est-ce qui vous a donné la certitude de pouvoir manipuler M. Viluekis ? Vous n'avez jamais eu affaire aux fusionnistes, n'est-ce pas ?

— Ah, mais j'enseigne à des gosses de treize ans, capitaine. J'ai affaire aux enfants.

Un long instant, l'expression du capitaine demeura de glace. Puis elle se détendit lentement jusqu'au sourire.

— Vous me plaisez bien, monsieur Martand, dit-il, mais ça ne vous aidera pas. Ce que vous attendiez va *effectivement* se passer ; autant que je puisse en juger, exactement comme vous l'espériez. Mais comprenez-vous ce qui s'est passé ensuite ?

— Je le comprendrai lorsque vous me le direz.

— M. Viluekis a dû soupeser votre suggestion et décider, sur-le-champ, si elle était applicable. Il a dû procéder à un certain nombre de réglages minutieux sur le système pour que puissent se produire les réactions chimiques sans éliminer la possibilité d'une fusion future. Il a dû déterminer le seuil maximal de sécurité de la réaction ; la quantité d'énergie stockée qu'il fallait conserver ; le point où l'on pourrait, en toute sécurité, tenter l'allumage ; l'espèce et la nature du saut. Il fallait que tout cela fût fait très vite et personne, sinon un fusionniste, n'aurait pu le faire. En fait, peu de fusionnistes en auraient été capables. M. Viluekis est exceptionnel, même comme fusionniste. Vous comprenez ?

— Très bien.

Le capitaine regarda la pendule sur le mur et manœuvra son hublot. Il était noir, comme il n'avait cessé de l'être depuis maintenant pratiquement deux jours.

— M. Viluekis m'a informé de l'heure à laquelle il tentera l'allumage du saut. Il pense que ça marchera et j'ai confiance en son jugement.

— S'il échoue, dit Martand d'un air sombre, nous risquons de nous retrouver dans la même situation que précédemment, mais démunis d'énergie.

— Je le sais, dit Hanson, et puisque vous pourriez éprouver une certaine responsabilité pour avoir mis cette idée dans la tête du fusionniste, j'ai pensé que vous pourriez avoir envie de vivre les quelques instants de suspense qui nous attendent.

Les deux hommes se taisaient à présent, observant le cadran, tandis que s'écoulaient d'abord les secondes, puis les minutes. Hanson n'avait pas précisé l'instant critique, et Martand n'avait aucun moyen de savoir s'il était imminent ou s'il était déjà passé. Il ne pouvait que tourner les yeux, de temps à autre et brièvement, vers le visage du capitaine, qui s'appliquait à ne rien exprimer.

Et puis survint cette étrange torsion interne qui disparut presque immédiatement, comme un tic de la paroi abdominale. Ils avaient sauté.

— Les étoiles ! dit Hanson dans un murmure de profonde satisfaction. Le hublot s'était brusquement trouvé dans une débauche d'étoiles et, à ce moment-là, Martand ne put se souvenir d'avoir vu, de toute sa vie, quelque chose d'aussi agréable.

— Et juste à la seconde, dit Hanson. Du beau travail. Nous n'avons plus d'énergie, mais nous en aurons fait le plein n'importe où dans deux ou trois semaines, et pendant ce temps-là les passagers auront quelque chose à voir.

Le soulagement avait trop épuisé Martand pour qu'il puisse parler.

Le capitaine se tourna vers lui.

— Écoutez, monsieur Martand. Votre idée était bonne. On pourrait affirmer que c'est elle qui a sauvé le vaisseau et tous ceux qui se trouvaient à bord. On pourrait aussi affirmer que M. Viluekis était certain d'y penser lui-même assez tôt. Mais on n'affirmera rien du tout car, sous aucun prétexte, le rôle que vous avez joué dans tout ceci ne doit être connu. M. Viluekis a fait le travail et c'en était un splendide, de pure virtuosité, même si nous reconnaissons que vous avez pu en être l'étincelle. Il sera loué pour cela et recevra les plus grands honneurs. *Vous*, vous ne recevrez rien du tout.

Martand demeura un instant silencieux. Puis il dit :

— Je comprends. Un fusionniste est indispensable, et je suis sans importance. Si l'orgueil de M. Viluekis est froissé, fût-ce de la façon la plus infime, il se pourrait qu'il ne vous soit plus d'aucune utilité, et vous ne pouvez vous permettre de le perdre. En ce qui me concerne… eh bien, qu'il en soit comme vous le désirez. Bonsoir, capitaine.

— Pas si vite, dit le capitaine. Nous ne pouvons vous faire confiance.

— Je ne dirai rien.

— Vous n'en avez peut-être pas l'intention, mais ces choses-là arrivent. Nous ne pouvons pas en courir le risque. Pour le reste du vol vous serez aux arrêts de rigueur.

Martand fronça les sourcils.

— Pour *quelle* raison. Je vous ai sauvés, vous et votre foutu vaisseau… *et* votre fusionniste.

— Exactement pour cette raison. Pour avoir sauvé le vaisseau. C'est à ça que ça aboutit.

— Et où est la justice ?

Le capitaine secoua lentement la tête.

— C'est une denrée rare, je le reconnais, et quelquefois trop coûteuse pour qu'on la rende. Vous ne retournerez même pas dans votre chambre. Vous ne verrez personne pendant le reste du voyage.

D'un doigt, Martand se frotta le côté du menton.

— Vous n'entendez sûrement pas cela à la lettre, capitaine.

— J'ai bien peur que si.

— Mais quelqu'un d'autre pourrait parler accidentellement et sans en avoir l'intention. Vous feriez mieux de mettre aussi Mlle Winter aux arrêts de rigueur.

— Et commettre une double injustice ?

— La détresse aime la compagnie, dit Martand.

Et le capitaine sourit.

— Peut-être que vous avez raison, dit-il.

Hélas, les amis écrivains, aussi, viennent et s'en vont. Lorsque j'arrivai à New York, je vis fréquemment un certain nombre d'écrivains que, lorsque j'étais à Boston, je ne voyais qu'occasionnellement. Lester del Rey et Robert Silverberg en sont des exemples. Mais en 1972, Bob s'en alla en Californie, et je le perdis de vue à nouveau.

*

J'ai eu l'occasion, soit dit en passant, de faire une dernière chose pour John Campbell. L'idée vint à Harry Harrison de faire une anthologie de nouvelles du genre que John Campbell avait rendu célèbre grâce aux auteurs qu'il avait rendus célèbres. J'étais naturellement l'un de ces auteurs, et en mars 1972, je proposais d'écrire un nouveau sujet « thiotimoline ».

J'en avais écrit trois en d'autres temps, et ils avaient fait énormément de bruit. Le premier était *Les propriétés endochroniques de la thiotimoline resublimée*[3] et il avait paru en 1948 dans le numéro de mars d'*Astounding*, dans les circonstances rapportées dans *The Early Asimov* (où l'histoire fut republiée).

0. In *La mère des mondes*, Présence du Futur, Éditions Denoël. *(N.d.É.)*

Le second était *The Micropsychiatric Application of Thiotimolyne*, qui parut dans le numéro de décembre 1953 d'*Astounding*. Celui-ci, ainsi que le premier, firent partie de mon recueil *Only a Trillion* (Abelard-Schuman, 1957).

Le troisième était *Thiotimoline and the Space Age*, publié dans le numéro de septembre 1960 d'*Analog* et qui fut inclus dans mon livre *Opus 100* (Houghton Mifflin, 1969).

J'en ai à présent écrit un quatrième, un quart de siècle après le premier, et il s'intitule *Thiotimoline vers les étoiles*.

Thiotimoline vers les étoiles

— Même discours, j'imagine, dit l'enseigne Peet avec lassitude.

— Pourquoi pas ? dit le lieutenant Prohorov, en fermant les yeux et en calant bien ses reins dans le fauteuil. Ça fait quinze ans qu'il le sort à chaque promotion de l'Astronautic Academy.

— Mot pour mot, je le parierais, dit Peet, qui l'avait entendu pour la première fois l'année précédente.

— Pour autant que je puisse dire… Quel raseur pompeux ! Quel dommage qu'il n'existe pas d'épingle pour dégonfler la prétention.

Mais la classe, maintenant, entrait en rangs, en uniforme, et dans l'expectative, avançait, rompait les rangs avec précision, chaque homme et chaque femme rejoignant la place qui lui était assignée au rythme d'un battement de tambour discret, puis s'asseyant tous lorsque se déchaîna un roulement de tambour.

À ce moment-là, l'amiral Vernon entra et se dirigea d'un pas raide vers le podium.

— Promotion 22, soyez la bienvenue ! Vos études scolaires sont terminées. Maintenant, votre éducation va commencer.

« Vous avez appris tout ce que vous deviez savoir sur la théorie du vol spatial. On vous a bourrés à en éclater d'astrophysique et de mécanique relativiste céleste. Mais on ne vous a pas parlé de la thiotimoline.

« Mais c'est pour une excellente raison. Vous en parler en classe n'aurait été d'aucune utilité. Vous devez apprendre à *voler* avec la thiotimoline. C'est la thiotimoline, et elle seule, qui vous amènera jusqu'aux étoiles. Avec tout votre savoir livresque, il est possible que vous n'appreniez jamais à manier la thiotimoline. S'il en est ainsi, il y a encore beaucoup de postes que vous pourrez occuper dans le domaine de l'astronautique. Pourtant, le métier de pilote ne sera pas de ceux-là.

« Je dois vous dévoiler les premiers rudiments de ce métier, en ce jour où vous est remis votre diplôme, dans la seule conférence qu'on vous tiendra sur le sujet. Après cela, vos démêlés avec la thiotimoline auront lieu en vol, et vous découvrirez si vous êtes doués pour ça. »

L'amiral marqua une pause, et on aurait dit qu'il

regardait les visages les uns après les autres pour essayer, avant tout, de déceler les dons. Puis il dit d'un ton sec :

— La thiotimoline ! Mentionnée pour la première fois en 1948, selon la légende, par Azimuth ou, peut-être, par Asymptote, qui, très vraisemblablement, n'a jamais existé. Il n'y a pas trace dans les archives de l'article original qui est censé avoir été écrit par lui ; rien que de vagues références, jamais antérieures au XXe siècle.

« Les études sérieuses commencent avec Almirante, qui a découvert la thiotimoline, ou l'a redécouverte, si l'on admet la fable Azimuth-Asymptote. Almirante a exposé la théorie de l'obstacle hyperstérique et montré que la molécule de thiotimoline est si déformée qu'elle émet un prolongement à travers la dimension temporelle vers le passé, et un autre vers le futur.

« À cause du prolongement dans le futur, la thiotimoline peut agir sur un événement qui n'a pas encore eu lieu et en subir l'action. Elle peut, par exemple, pour citer le cas classique, se dissoudre dans l'eau environ une seconde avant qu'on ait ajouté l'eau.

« La thiotimoline est, naturellement, un composé très simple, comparativement. Elle est, en vérité, la molécule la plus simple douée de propriétés endochroniques… c'est-à-dire, d'un prolongement passé-futur. Alors que cela rend possibles certains mécanismes uniques, les véritables applications de l'endochronicité ont dû attendre l'exploitation de molécules plus complexes : les polymères qui possédaient à la fois l'endochronicité et une structure stable.

« Pellagrini a été le premier à créer des résines et des matières plastiques endochroniques, et, vingt ans plus tard, Cudahy a expliqué la technique qui pouvait permettre d'allier les matières plastiques endochroniques au métal. Il devint possible de faire de grands objets endochroniques — des engins spatiaux, par exemple.

« Considérons maintenant ce qui se passe quand une grande structure est endochronique. Je ne le décrirai que qualitativement ; ça suffit largement. Les théoriciens ont tout calculé mathématiquement, mais je n'ai jamais encore entendu parler d'un zigoto de physicien qui soit capable de piloter un engin stellaire. Laissez-les donc s'occuper de théorie, et occupez-vous de l'engin.

« La petite molécule de thiotimoline est extraordinairement sensible aux situations probabilistes du futur. Si vous êtes certains que vous allez ajouter l'eau, elle se dissoudra avant que l'eau ne soit ajoutée. S'il y a, dans votre esprit, le plus léger doute quant à l'éventualité que vous ajoutiez l'eau, la thiotimoline ne se dissoudra pas tant que vous n'aurez pas ajouté l'eau.

« Plus grande est la molécule douée d'endochronicité, moins sensible elle est à l'existence du doute. Elle se dissoudra, gonflera, modifiera ses propriétés chimiques, et, d'une certaine façon, agira sur l'eau et réagira à l'eau, même si vous êtes presque sûrs qu'il est possible que vous n'ajoutiez pas l'eau. Mais que se passera-t-il donc si, effectivement, vous n'ajoutez pas l'eau ? La réponse est simple. La structure endochronique se projettera dans le futur à la recherche d'eau ; si elle n'en trouve pas, elle continuera à s'enfoncer dans le futur.

« Cela ressemble beaucoup à l'histoire de l'âne qui suit la carotte fixée à un bâton et que l'on tient à quelques centimètres du museau de l'âne ; si ce n'est que la structure endochronique n'est pas aussi débrouillarde que l'âne, et ne se fatigue jamais.

« Si un engin entier est endochronique — c'est-à-dire, si les éléments endochroniques sont fixés sur la coque en grand nombre —, il est facile d'établir un dispositif qui fournira de l'eau aux points clés dans la structure, et partant d'établir ce dispositif de façon telle que, s'il est toujours apparemment sur le point de fournir de l'eau, il n'en fournisse jamais effectivement.

« Dans ce cas, les éléments endochroniques avancent dans le temps, entraînant avec eux tout le vaisseau, et tous les objets qui sont à bord, y compris le personnel.

« Naturellement, il n'y a pas d'absolu. Le vaisseau avance dans le temps par rapport à l'univers ; et cela revient précisément à dire que l'univers recule dans le temps par rapport au vaisseau. La vitesse à laquelle le vaisseau avance, ou l'univers recule, dans le temps, peut être réglée avec une grande précision par la modification convenable du dispositif d'adjonction d'eau. On peut apprendre la façon de le faire, tant bien que mal ; mais on ne peut le faire parfaitement qu'avec un don inné. C'est pourquoi nous allons prendre des renseignements sur vous tous ; pour voir si vous possédez ce don. »

Il fit une nouvelle pause et les jaugea. Puis il poursuivit, dans un silence total.

— Mais quel intérêt a tout cela ? Considérons les vols stellaires et revoyons certaines des choses que vous avez apprises en classe.

« Les étoiles sont incroyablement loin les unes des autres, et voyager de l'une à l'autre, si l'on considère que la vitesse est limitée à celle de la lumière, prend des années. Des siècles. Des millénaires. Pour y parvenir, on peut construire un énorme vaisseau à écologie fermée. Un minuscule univers autonome. Un groupe de gens se mettra en route, et la dixième génération atteindra une étoile lointaine. Aucun homme seul ne fera le voyage, et, même si le vaisseau revient, beaucoup de siècles se seront écoulés.

« Pour amener l'équipage d'origine jusqu'aux étoiles au cours de sa propre vie, des techniques de réfrigération peuvent arrêter momentanément ses fonctions vitales pendant pratiquement tout le voyage. Mais la réfrigération est un procédé qui n'est pas très sûr, et, même si tout l'équipage survit et revient sur la Terre, les hommes s'apercevront que beaucoup de siècles s'y sont écoulés.

« Pour amener l'équipage d'origine jusqu'aux étoiles au cours d'une vie d'homme, sans avoir recours à la réfrigération, il est seulement nécessaire d'accélérer pour s'approcher de la vitesse de la lumière. Le temps subjectif ralentissant, il semblera à l'équipage qu'il ne lui a fallu que quelques mois pour effectuer le voyage. Mais le temps progresse à la vitesse normale pour le reste de l'univers et, quand l'équipage reviendra, les hommes s'apercevront que, même s'ils n'ont pas vécu plus de deux mois et n'ont veilli que de cela, la Terre, elle, aura peut-être vécu plusieurs siècles.

« Dans tous les cas, le voyage stellaire implique que s'écoule un énorme laps de temps sur la Terre, même s'il n'en est rien pour l'équipage. On doit revenir sur la Terre, si on y revient, loin dans le futur de la Terre, et cela signifie que le voyage interstellaire n'est pas réalisable psychologiquement.

« Mais… *Mais*, jeunes diplômés…

Il fixa sur eux un regard perçant et dit, d'une voix basse, étranglée par l'émotion :

— *Si* nous utilisons un vaisseau endochronique, nous pouvons compenser exactement l'effet de dilatation du temps par l'effet endochronique. Alors que le vaisseau navigue dans l'espace à une vitesse considérable, et est confronté à un grand ralentissement de la vitesse du temps subi, l'effet endochronique fait reculer l'univers dans le temps par rapport au vaisseau. Si celui-ci est convenablement gouverné, quand il revient sur Terre, avec un équipage qui a vécu, disons, seulement deux mois de temps, tout l'univers n'aura également vécu que deux mois. Enfin, le voyage interstellaire deviendra réalisable

« Mais seulement si l'engin est gouverné avec délicatesse.

« Si l'effet endochronique se laisse légèrement distancer par l'effet de dilatation du temps, le vaisseau reviendra au bout de deux mois sur une Terre plus vieille de quatre mois. Ce n'est pas beaucoup, peut-être ; vous pouvez penser que ça n'empêche pas de vivre ; mais il n'en est rien. Les membres de l'équipage sont déphasés. Ils sentent que tout, autour d'eux, a vieilli de deux mois par rapport à eux. Pis encore, l'ensemble de la population sent qu'ils ont deux mois de moins qu'ils ne le devraient. Cela crée des sentiments et des malaises difficiles à supporter

« De même, si l'effet endochronique prend une légère avance sur l'effet de dilatation du temps, il est possible que le vaisseau revienne au bout de deux mois pour trouver une Terre qui n'a vécu absolument aucun temps. Le vaisseau revient, au moment même où il s'élève dans le ciel. Là encore se créent des sentiments et des malaises difficiles à supporter.

« Non, jeunes diplômés, aucun vol interstellaire ne peut être considéré comme un succès dans cette flotte stellaire si la durée pour l'équipage et la durée pour la Terre ne concordent pas à la minute près. Un écart de soixante secondes, et c'est un voyage bousillé dont vous ne retirerez aucun mérite. Un écart de cent vingt secondes ne sera pas toléré.

« Je sais très bien, jeunes diplômés, quelles questions vous viennent à l'esprit. Elles me sont venues à l'esprit quand j'ai reçu mon diplôme. Ne devrions-nous pas avoir dans l'engin endochronique l'équivalent d'une machine temporelle ? Ne pouvons-nous, par un réglage approprié de notre dispositif endochronique, faire délibérément un voyage d'un siècle dans le futur, nous livrer à nos observations, puis faire un voyage d'un siècle dans le passé pour revenir à notre point de départ ? Ou *vice versa*, ne pouvons-nous faire un voyage d'un siècle dans le passé, puis repartir dans le futur jusqu'à notre point de départ ? Ou d'un millier d'années, ou d'un milliard ? Ne pouvons-nous assister à la naissance de la Terre, à l'évolution de la vie, à la mort du soleil ?

« Jeunes diplômés, ces zigotos de mathématiciens nous disent que ce genre de choses crée des paradoxes et demande trop d'énergie pour être réalisable. Mais je vous dis, *moi*, au diable les paradoxes. Nous ne pouvons pas le faire pour une raison simple. Les propriétés endochroniques sont instables. Les molécules qui produisent des rides dans la dimension temporelle sont vraiment sensibles. Des causes relativement minces leur font subir des changements chimiques qui détruisent ces rides. Même s'il n'y pas de causes du tout, des vibrations nées du hasard produiront les changements qui les détruiront.

« Bref, un engin endochronique deviendra lentement isochronique et se transformera en matière ordinaire sans prolongement temporel. La technique moderne a réduit considérablement le taux de destruction des rides et peut le réduire encore plus, mais rien de ce que nous ferons, la théorie nous le dit, ne créera jamais une molécule endochronique vraiment stable.

« Cela signifie que votre vaisseau stellaire n'a qu'une vie limitée en tant que vaisseau stellaire. Il doit revenir vers la Terre alors que son endochronicité tient encore, et on doit reconstituer cette endochronicité avant le voyage suivant.

« Alors, maintenant, qu'est-ce qui se passe si vous ne revenez pas au bon moment ? Si vous n'êtes pas très proches de votre propre temps, vous n'aurez aucune assurance que l'état de la technologie sera tel que vous pourrez ré-endochroniser votre vaisseau. Il est possible que vous ayez cette chance si vous êtes dans le futur ; vous ne l'aurez certainement pas dans le passé. Si, par négligence de votre part, ou simplement par manque de don, vous revenez très loin dans le passé, vous serez certain d'y rester en panne, parce qu'il n'y aura aucun moyen de traiter votre vaisseau de façon à le ramener dans ce qui sera alors votre futur.

« Et je veux que vous compreniez, jeunes diplômés », à cet instant, il frappa dans ses mains, comme pour souligner ses paroles, « il n'est pas de temps dans le passé où un officier d'astronautique civilisé voudrait passer sa vie. Vous pourriez, par exemple, échouer dans la France du VIe siècle, ou, pis encore, dans l'Amérique du XXe.

« Abstenez-vous donc de vous laisser tenter par toute expérience sur le temps.

« Passons maintenant à un autre point qui n'a été

peut-être qu'effleuré dans vos études officielles, mais qui touche à quelque chose dont vous ferez l'expérience.

« Vous pouvez vous demander comment il se fait que des dispositifs atomiques endochroniques relativement peu nombreux au milieu d'une matière qui est, de façon écrasante, isochronique, peuvent tout entraîner avec eux. Pourquoi un seul dispositif endochronique, se précipitant vers l'eau, devrait-il entraîner avec lui mille billions d'atomes à dispositif isochronique. Nous sentons que cela ne devrait pas se produire, en raison de notre expérience de toute une vie sur l'inertie.

« Il n'y a, cependant, pas d'inertie dans le mouvement vers le passé ou le futur. Si une partie d'un objet va vers le passé ou le futur, le reste de l'objet fait de même, et précisément à la même vitesse. Il n'y a pas du tout de facteur masse. C'est pourquoi il est si facile pour l'ensemble de l'univers de reculer dans le temps, comme pour cet unique vaisseau d'avancer — et à la même vitesse.

« Mais il y a plus encore. L'effet de dilatation du temps est le résultat de votre accélération par rapport à l'univers en général. Vous avez appris cela à l'école primaire, quand vous avez abordé la physique relativiste élémentaire. Cela fait partie de l'effet d'inertie de l'accélération.

« Mais, en utilisant l'effet endochronique, nous effaçons l'effet de dilatation du temps. Si nous effaçons l'effet de dilatation du temps, nous effaçons, pour ainsi dire, ce qui le produit. Bref, quand l'effet endochronique équilibre exactement l'effet de dilatation du temps, l'effet d'inertie se détruit.

« On ne peut détruire un effet d'inertie sans les détruire tous. L'effet d'inertie est donc effacé tout à fait, et on peut accélérer à n'importe quelle vitesse sans le ressentir. Dès que l'effet endochronique est bien réglé, on peut accélérer à partir de l'arrêt par rapport à la Terre, jusqu'à 300 000 kilomètres par seconde par rapport à la Terre, en quelque endroit que ce soit, et cela pendant quelques heures ou quelques minutes. Plus vous êtes doué et habile pour manier l'effet endochronique, plus vous pouvez accélérer rapidement.

« Vous en faites maintenant l'expérience, messieurs. Vous avez l'impression d'être assis dans une salle de conférence sur la surface de la planète Terre, et je suis sûr qu'aucun d'entre vous n'a eu de raison de douter de la véracité de cette impression. Mais c'est également faux.

« Vous êtes dans une salle de conférence, je le reconnais, mais elle n'est pas à la surface de la planète Terre. Elle n'y est plus. Vous… moi… nous tous… sommes sur un grand vaisseau stellaire qui a décollé au moment où j'ai commencé ce discours, et qui a accéléré à une vitesse considérable. Nous avons atteint les limites du système solaire tandis que je vous parlais, et nous sommes maintenant sur le chemin du retour.

« À aucun moment, l'un d'entre vous n'a senti

l'accélération, en raison soit du changement de vitesse, soit d'un changement de direction dans le voyage, soit des deux, et vous avez donc tous supposé que vous étiez restés immobiles par rapport à la surface de la Terre.

« Pas du tout, jeunes diplômés. Vous étiez dans l'espace pendant tout le temps où j'ai parlé, et vous êtes passés, selon les calculs, à trois millions de kilomètres de la planète Saturne. »

Il semblait prendre un sinistre plaisir à l'émoi visible de l'auditoire.

— Inutile de vous inquiéter, jeunes diplômés. Puisque nous n'avons pas ressenti d'effets d'inertie, nous n'avons pas subi non plus d'effets de gravitation (les deux sont, pour l'essentiel, les mêmes), notre trajet n'a donc pas été affecté par Saturne. Nous serons de retour sur Terre dans quelques instants maintenant. Pour vous être particulièrement agréable, nous descendrons au port des Nations-Unies, à Lincoln, au Nebraska, et vous aurez le loisir de goûter les plaisirs de la métropole pendant le week-end.

« Par parenthèse, le simple fait que vous n'ayez ressenti absolument aucun effet d'inertie montre que l'effet endochronique a bien contrebalancé la dilatation du temps. S'il y avait eu une erreur, même petite, vous auriez ressenti les effets de l'accélération — autre raison pour ne pas s'efforcer de faire des expériences sur le temps.

« Souvenez-vous, jeunes diplômés, qu'une erreur de soixante secondes, c'est de la négligence, et qu'une erreur de cent vingt secondes est intolérable. Nous sommes sur le point d'atterrir maintenant. Lieutenant Prohorov, voulez-vous vous rendre à la tour de contrôle et surveiller l'atterrissage proprement dit.

— Oui, monsieur, dit Prohorov avec entrain, et il monta à l'échelle qui se trouvait au fond de la salle de réunion, où il se tenait depuis le début.

L'amiral Vernon sourit.

— Vous devez tous rester à vos places. Nous sommes exactement sur notre route. Mes vaisseaux sont toujours sur la bonne route.

Ce fut alors que Prohorov redescendit et remonta en courant l'allée pour se diriger vers l'amiral. Il arriva jusqu'à lui et lui murmura :

— Amiral, si c'est Lincoln dans le Nebraska, il y a quelque chose qui ne va pas. Tout ce que nous pouvons voir, ce sont des Indiens ; des hordes d'Indiens. Des Indiens dans le Nebraska, *aujourd'hui*, amiral ?

L'amiral Vernon pâlit et, de sa gorge, sortit une espèce de râle. Il s'effondra et son corps s'affaissa, tandis que tous les jeunes diplômés se levaient, perplexes. L'enseigne Peet avait suivi Prohorov jusqu'à l'estrade. Il avait entendu ses dernières paroles et, maintenant, il se tenait là, abasourdi.

Prohorov leva les bras.

— Tout va bien, mesdames et messieurs. Calmez-vous. L'amiral a simplement été victime d'un vertige passager. Cela arrive parfois, au moment de l'atterrissage, à des hommes d'un certain âge.

— Mais nous sommes coincés dans le passé, Prohorov, murmura Peet d'un ton bourru.

Prohorov leva les sourcils.

— Bien sûr que non. Nous n'avons ressenti aucun effet d'inertie, non ? Nous ne sommes même pas partis une heure. S'il l'amiral avait eu un peu de cervelle pour aller avec son uniforme, il l'aurait compris, lui aussi. Il venait de le dire, bon Dieu.

— Alors, pourquoi avez-vous dit qu'il y avait quelque chose qui n'allait pas ? Pourquoi avez-vous dit qu'il y avait des Indiens là-bas ?

— Parce qu'il y en avait et qu'il y en a encore. Quand l'amiral Cornichon reviendra à lui, il lui sera bien impossible de faire quelque chose contre moi. Nous n'avons pas atterri à Lincoln, dans le Nebraska. Il y a donc bien quelque chose qui ne va pas. Quant aux Indiens…, ma foi, si je lis correctement les poteaux indicateurs, nous sommes redescendus dans les faubourgs de Calcutta.

L'anthologie de Harry Harrison, dans laquelle parut *Thiotimoline vers les étoiles*, s'appelait tout simplement *Astounding*. L'objectif d'Harry avait été d'en faire un dernier numéro du magazine. Ce n'était pas *Analog*, alors, mais *Astounding*.

Il n'y a rien de mal dans *Analog*, mais, pour nous, les vieux de la vieille, aucun nom ne peut remplacer *Astounding* dans nos cœurs

*

Au printemps de 1973, *The Saturday Evening Post*, qui avait republié deux petits textes de moi, me demanda d'écrire un texte original pour le journal. Le 3 mai 1973, saisi par l'inspiration, j'écrivis *Poésie légère.* Je m'assis devant ma machine à écrire pour la taper d'une seule traite, et je n'eus guère qu'un mot à changer pour établir le texte définitif. La nouvelle parut dans le numéro de septembre-octobre 1973 du *Saturday Evening Post.*

Poésie légère

La dernière personne qu'on aurait imaginée en meurtrière était bien Mme Avis Lardner. Veuve du plus grand astronaute-martyr, c'était une philanthrope, un collectionneur d'art, une femme qui savait extraordinairement bien recevoir et, tout le monde en convenait, un génie sur le plan de l'art. Mais pardessus tout, elle était l'être humain le plus doux et le plus gentil que l'on puisse imaginer.

Son mari, William J. Lardner, est mort, comme nous le savons tous, parce qu'il avait été exposé aux radiations d'une fusée solaire, après être délibérément resté dans l'espace, afin qu'un vaisseau de passagers pût parvenir sans encombre à la station spatiale 5.

Mme Lardner avait reçu pour cela une confortable pension et elle avait fait alors de bons investissements. Vers la fin de sa maturité, elle était devenue très riche.

Sa maison, qui était digne de figurer dans les magazines de décoration, était un véritable musée renfermant une collection, petite mais extrêmement recherchée, d'objets ornés de pierres précieuses d'une extraordinaire beauté. Mme Lardner avait réussi à se procurer des reliques, provenant d'une douzaine de cultures différentes et représentant presque toutes les formes d'objets ouvrés imaginables qui pouvaient être incrustés de pierres précieuses et faits pour servir l'aristocratie de cette culture. Elle avait une des premières montres-bracelets à rubis fabriquées en Amérique, un poignard orné de pierres précieuses du Cambodge, des lunettes ornées de pierres précieuses d'Italie, et ainsi de suite presque à l'infini.

Tout était offert aux regards. Les objets n'étaient pas assurés, et aucune des dispositions habituelles de sécurité n'était prise. Il n'était pas besoin d'avoir recours à quelque chose de conventionnel, car Mme Lardner entretenait tout un personnel de domestiques robots, sur qui on pouvait compter pour garder les objets avec une application imperturbable, une honnêteté irréprochable, et une efficacité à toute épreuve.

Tout le monde connaissait l'existence de ces robots, et on n'avait jamais entendu parler d'aucune tentative de vol.

Et puis, bien sûr, il y avait sa sculpture de lumière. Comment Mme Lardner découvrit-elle son propre génie en cet art, aucun des invités à nombre de ses somptueux spectacles ne pouvait le deviner. Pourtant, toutes les fois où la maison ouvrait ses portes à ses hôtes, une nouvelle symphonie de lumière illuminait toutes les pièces : des courbes et des solides tridimensionnels dont les teintes se fondaient les unes aux autres, certaines pures et d'autres qui s'unissaient pour produire des effets cristallins saisissants, plongeaient tous les invités dans l'émerveillement ; d'une manière ou d'une autre, ils s'agençaient d'ailleurs toujours pour parer d'une noble beauté les cheveux blanc bleuté et le doux visage sans rides de Mme Lardner.

C'était pour cette sculpture de lumière, plus que pour toute autre raison, que venaient les invités. Ce n'était jamais deux fois la même, et elle ne manquait jamais d'explorer de nouvelles voies expérimentales de l'art. Beaucoup de gens qui pouvaient s'offrir des consoles de lumière élaboraient des sculptures de lumière pour s'amuser, mais aucun d'eux ne pouvait rivaliser d'habileté avec Mme Lardner. Pas même ceux qui se considéraient comme des artistes professionnels.

Elle était elle-même, à ce propos, d'une modestie charmante.

— Non, non, protestait-elle lorsque quelqu'un devenait lyrique. Je ne parlerais pas de « poésie de lumière ». C'est bien trop aimable. Au mieux, je dirais que c'est simplement de la « poésie légère ».

Et tout le monde souriait devant tant d'intelligence et de douceur.

Bien qu'on le lui eût souvent demandé, elle n'avait

jamais voulu créer de sculpture de lumière en d'autres occasions que ses propres réceptions.

— Ce serait de la commercialisation, disait-elle.

Elle ne s'opposait pas, pourtant, à la fabrication d'hologrammes précis de ses sculptures afin qu'on pût les conserver et les reproduire dans les musées d'art du monde entier. De même qu'elle n'avait jamais demandé de droits pour toutes les utilisations qu'on avait pu faire de ses sculptures de lumière.

— Je ne veux pas demander un sou, disait-elle en étendant largement les bras. C'est gratuit pour tout le monde. Après tout, je n'en ferai rien moi-même par la suite.

C'était vrai ! Elle n'utilisait jamais deux fois la même sculpture de lumière.

Quand on fabriquait les hologrammes, elle était l'image même de la coopération. Surveillant gentiment chaque étape du travail, elle était toujours prête à demander à ses domestiques-robots d'apporter leur aide.

— Je vous en prie, Courtney, disait-elle, voulez-vous avoir l'amabilité de déplacer l'escabeau ?

C'était ainsi qu'elle se comportait. Elle s'adressait toujours à ses robots avec la plus cérémonieuse courtoisie.

Une fois, des années auparavant, elle s'était presque fait morigéner par un fonctionnaire du Bureau des robots et des hommes mécaniques.

— Vous ne pouvez agir ainsi, dit-il sévèrement. Cela nuit à leur efficacité. Ils sont construits pour se conformer à des ordres, et, plus ces ordres sont clairs, mieux ils les exécutent. Quand on s'adresse à eux avec une politesse raffinée, il leur est difficile de comprendre qu'on leur donne un ordre. Ils réagissent plus lentement.

Mme Lardner leva sa tête aristocratique.

— Je ne demande pas rapidité et efficacité, dit-elle. Je demande de la bonne volonté. Mes robots m'aiment.

Le fonctionnaire aurait pu expliquer que les robots sont incapables d'amour, mais il était comme foudroyé par le doux regard blessé.

Il était de notoriété publique que jamais Mme Lardner n'avait renvoyé un robot à l'usine pour le faire régler. Leurs cerveaux positroniques sont extrêmement complexes et, une fois sur dix ou presque, le réglage n'est pas parfait quand il quitte l'usine. Parfois, l'erreur ne se révèle pas pendant un certain temps, mais quand on s'en aperçoit, l'U.S. Robots and Mechanical Men, Inc. effectue toujours le réglage gratuitement.

Mme Lardner hocha la tête.

— Quand un robot est chez moi, dit-elle, et a rempli ses devoirs, on doit se montrer indulgent devant certaines excentricités mineures. Je ne veux pas qu'on le tripatouille.

Il n'y avait rien de plus difficile que d'essayer d'expliquer qu'un robot n'était qu'une machine. Elle disait obstinément :

— Ce qui est aussi intelligent qu'un robot est

toujours *autre chose* qu'une machine. Je les traite comme des gens. Et voilà !

Elle gardait même Max, bien qu'il fût pratiquement incapable de faire quoi que ce soit. C'était à peine s'il comprenait ce qu'on attendait de lui. Pourtant, Mme Lardner le niait farouchement.

— Pas du tout, disait-elle d'une voix assurée. En fait, il est capable de prendre les chapeaux et les manteaux et de les ranger très bien. Il est capable de porter des objets. Il peut faire beaucoup de choses.

— Mais pourquoi ne le faites-vous pas régler ? lui demanda une fois un ami.

— Oh ! je ne pourrais pas. Il est lui-même. Il est vraiment adorable, vous savez. Après tout, un cerveau positronique est si complexe qu'on ne sait jamais exactement ce qui ne marche pas en lui. Si on le rendait parfaitement normal, il n'y aurait aucune façon de le régler de nouveau pour qu'il soit aussi adorable que maintenant. Je ne veux pas y renoncer.

— Mais s'il est déréglé, dit cet ami, en regardant Max avec nervosité, ne pourrait-il pas devenir dangereux ?

— Jamais, répondit Mme Lardner en riant. Cela fait des années que je l'ai. Il est absolument inoffensif, et c'est vraiment un amour.

En vérité, il ressemblait à tous les autres robots, lisse, métallique, vaguement humain, mais sans expression.

Pour la charmante Mme Lardner, pourtant, ils

avaient tous leur personnalité, ils étaient tous doux, tous adorables. C'était une femme comme ça.

Comment pouvait-elle commettre un meurtre ?

La dernière personne qu'on aurait imaginée en victime était bien John Semper Travis. Introverti et doux, il vivait dans ce monde, mais il n'était pas de ce monde. Il avait cette tournure d'esprit particulière aux mathématiciens qui lui permettait de calculer de tête le réseau compliqué de la myriade de circuits qui constituent le cerveau positronique d'une tête de robot.

Il était ingénieur en chef de l'U.S. Robots and Mechanical Men, Inc.

Mais il était aussi un amateur enthousiaste de sculpture de lumière. Il avait écrit un livre sur le sujet, essayant de montrer que les mathématiques qu'il utilisait pour calculer les circuits du cerveau positronique pouvaient, quelque peu modifiées, servir de guide pour la production de sculptures de lumière esthétiques.

Pourtant, sa tentative de mise en pratique de la théorie fut un lamentable échec. Les sculptures qu'il produisit lui-même, en appliquant ses principes mathématiques, étaient lourdes, mécaniques, et dénuées d'intérêt.

C'était la seule source de chagrin dans la vie tranquille, introvertie, et de tout repos, qui était la sienne. Et, pourtant, en fait, c'était une raison suffisante pour qu'il se sentît malheureux. Il *savait* que ses théories étaient justes, et malgré tout, il ne pouvait pas les mettre en pratique. S'il pouvait seulement réaliser *une seule* grande sculpture de lumière…

Naturellement, il connaissait la sculpture de lumière de Mme Lardner. Elle était universellement saluée comme un génie, et pourtant Travis savait qu'elle était bien incapable de comprendre les mathématiques robotiques les plus élémentaires. Il avait correspondu avec elle, mais elle avait refusé d'expliquer logiquement ses méthodes, et il se demandait si elle en avait vraiment une. Se pouvait-il que ce ne fût qu'une simple intuition ?… Mais l'intuition elle-même pouvait être ramenée aux mathématiques. Finalement, il s'arrangea pour être invité à l'une de ses réceptions. Il devait absolument la voir.

M. Travis arriva assez tard. Il avait fait une dernière tentative pour créer une sculpture de lumière, et il avait tristement échoué.

Il salua Mme Lardner avec une sorte de respect embarrassé et dit :

— Le robot qui a pris mon chapeau et mon manteau était bien étrange.

— C'est Max, dit Mme Lardner.

— Il est absolument déréglé, et c'est vraiment un vieux modèle. Comment se fait-il que vous ne l'ayez pas renvoyé à l'usine ?

— Oh ! non, dit Mme Lardner. Cela aurait créé trop de complications.

— Pas du tout, Mme Lardner, répondit Travis. Vous auriez été surprise de voir comme c'était simple. Comme je travaille pour U.S. Robots, j'ai pris la liberté de le régler moi-même. Je l'ai fait en un rien de temps, et vous verrez qu'il est maintenant en parfait état de marche.

Il y eut un étrange changement sur le visage de Mme Lardner. Pour la première fois dans une vie de douceur, on pouvait y lire de la fureur, et c'était comme si des lignes ne parvenaient pas à se former pour l'exprimer.

— Vous l'avez réglé ? cria-t-elle. Mais c'était *lui* qui créait mes sculptures de lumière. C'était le déréglage, le *déréglage*, que vous ne pourrez jamais rétablir, qui… qui…

C'était vraiment malheureux qu'elle fût en train de montrer sa collection à ce moment-là, et que la dague ornée de pierres précieuses du Cambodge fût devant elle sur le dessus en marbre de la table.

Le visage de Travis était tout aussi décomposé.

— Vous voulez dire que si j'avais étudié les circuits de son cerveau positronique dont le dérèglement était unique en son genre, j'aurais pu apprendre…

Elle lui porta un coup de couteau avec une rapidité telle que personne ne put l'arrêter, et il n'essaya pas d'esquiver le coup. Certains dirent qu'il vint à sa rencontre… comme s'il *voulait* mourir.

Lorsque j'envoyai cette nouvelle au *Saturday Evening Post*, je tins à préciser que je ne leur avais pas envoyé une nouvelle ancienne. J'expliquai donc avec une certaine emphase : « Je l'ai écrite *aujourd'hui*. »

En agissant ainsi, j'avais oublié le préjugé qu'ont beaucoup de gens contre un texte qui est écrit rapidement. Il existe une légende selon laquelle une bonne nouvelle doit être écrite et réécrite, et doit demander des jours et des jours d'angoisse pour chaque paragraphe enfanté dans la douleur. Je pense que les écrivains ont recours à cette enjolivure pour s'attirer la sympathie du public.

De toute façon, je n'écris *pas* lentement, mais les directeurs de magazines qui ne me connaissent pas très bien ne le comprennent pas. Je reçus une lettre des gens du *Post* qui s'extasiaient sur la nouvelle et se montraient extrêmement étonnés que j'eusse pu l'écrire en *une seule journée*. Je me tins tranquille et ne dis rien.

Pourtant, je peux vous le dire à vous parce que vous êtes mes amis. Depuis le moment où je me suis assis devant ma machine à écrire jusqu'au moment où j'ai déposé l'enveloppe dans la boîte aux lettres, il ne s'est *pas* écoulé une journée. Il m'a fallu deux heures et demie. Mais ne le dites pas au *Post*.

*

Que me reste-t-il alors à vous dire pour que vous soyez à la page ?

Eh bien, le 30 novembre 1973, je me suis remarié. Ma femme s'appelle Janet Jeppson. C'est une psychiatre, un écrivain, et une femme merveilleuse, par ordre croissant d'importance. Elle a publié un roman de science-fiction, *The Second Experiment*[4]

0. *La seconde expérience*, Présence du Futur, Éditions Denoël. *(N.d.É.)*

(Houghton Mifflin, 1974), et elle a reçu la lettre définitive d'acceptation pour ce roman le 30 novembre 1973, une demi-heure après notre mariage. Ce fut un grand jour.

Pour ma part, je souhaite que sa carrière professionnelle lui laisse un peu plus de temps pour écrire. Alors nous pourrions peut-être, un jour, préparer un recueil conjugal.

DU MÊME AUTEUR

Aux Éditions Gallimard

MORTELLE EST LA NUIT (Folio 2 € nº 4039)

Aux Éditions Denoël

LE CYCLE DE FONDATION

FONDATION (Folio Science-Fiction nº 335)

FONDATION ET EMPIRE (Folio Science-Fiction nº 336)

SECONDE FONDATION (Folio Science-Fiction nº 337)

FONDATION FOUDROYÉE (Folio Science-Fiction nº 338)

TERRE ET FONDATION (Folio Science-Fiction nº 339)

LA FIN DE L'ÉTERNITÉ (Folio Science-Fiction nº 89)

HISTOIRES MYSTÉRIEUSES (Folio Science-Fiction nº 122)

CHRONO-MINETS (Folio Science-Fiction nº 83)

DANGEREUSE CALLISTO (Folio Science-Fiction nº 217)

LES DIEUX EUX-MÊMES (Folio Science-Fiction nº 120)

FLÛTE, FLÛTE ET FLÛTES (Folio Science-Fiction nº 163)

AU PRIX DU PAPYRUS (Folio Science-Fiction nº 196)

LES VENTS DU CHANGEMENT (Folio Science-Fiction nº 75)

MOI ASIMOV (Folio Science-Fiction nº 159)

L'HOMME BICENTENAIRE (Folio Science-Fiction nº 407)

CHER JUPITER (Folio Science-Fiction nº 414)

L'AMOUR, VOUS CONNAISSEZ ?

JUSQU'À LA QUATRIÈME GÉNÉRATION

QUAND LES TÉNÈBRES VIENDRONT

LA MÈRE DES MONDES

NOËL SUR GANYMÈDE

Chez d'autres éditeurs

CAILLOUX DANS LE CIEL

LE CYCLE DES ROBOTS

LES ROBOTS

I, ROBOT (En collaboration avec Harlan Elison)

UN DÉFILÉ DE ROBOTS

LES CAVERNES D'ACIER

FACE AUX FEUX DU SOLEIL

LES ROBOTS DE L'AUBE

LES ROBOTS ET L'EMPIRE

LE ROBOT QUI RÊVAIT

TYRANN

LES COURANTS DE L'ESPACE

LE CYCLE DE DAVID STARR / JIM SPARK

LES POISONS DE MARS

LES PIRATES DES ASTÉROÏDES

LES OCÉANS DE VÉNUS

LA FOURNAISE DE MERCURE

LES ANNEAUX DE SATURNE

LA VOIE MARTIENNE

ESPACE VITAL

UNE BOUFFÉE DE MORT

L'AVENIR COMMENCE DEMAIN

LE VOYAGE FANTASTIQUE

LE CYCLE DES VEUFS NOIRS

LE CLUB DES VEUFS NOIRS

RETOUR AU CLUB DES VEUFS NOIRS

CASSE-TÊTE AU CLUB DES VEUFS NOIRS

À TABLE AVEC LES VEUFS NOIRS

PUZZLES AU CLUB DES VEUFS NOIRS

ASIMOV PARALLÈLE

DESTINATION CERVEAU

LE CYCLE DE NORBY

NORBY ET LES ENVAHISSEURS (En collaboration avec Janet Asimov)

NORBY ET LA CANAILLE (En collaboration avec Janet Asimov)
NORBY ET LA DRAGONNE (En collaboration avec Janet Asimov)
NORBY, LE ROBOT FÊLÉ (En collaboration avec Janet Asimov)
NORBY ET LA PRINCESSE DISPARUE (En collaboration avec Janet Asimov)
NORBY, ROBOT DES STEPPES (En collaboration avec Janet Asimov)
NORBY DISJONCTE (En collaboration avec Janet Asimov)

AZAZEL

AVANT FONDATION
PRÉLUDE À FONDATION
L'AUBE DE FONDATION

NÉMÉSIS

LE RETOUR DES TÉNÈBRES (En collaboration avec Robert Silverberg)

L'ENFANT DU TEMPS (En collaboration avec Robert Silverberg)

TOUT SAUF UN HOMME (En collaboration avec Robert Silverberg)

MAIS LE DOCTEUR EST D'OR

LÉGENDE

PRÉLUDE À L'ÉTERNITÉ

COLLECTION « BIBLIOTHÈQUE DE L'UNIVERS »

Dans la même collection

236. Bernard Simonay — *Graal*
237. Philip K. Dick — *Radio Libre Albemuth*
238. Poul Anderson — *La saga de Hrolf Kraki*
239. Norman Spinrad — *Rêve de fer*
240. Robert Charles Wilson — *Le vaisseau des Voyageurs*
241. Philip K. Dick — *SIVA* (La trilogie divine, I)
242. Bernard Simonay — *La malédiction de la Licorne*
243. Roger Zelazny — *Le maître des rêves*
244. Joe Haldeman — *En mémoire de mes péchés*
245. Kim Newman — *Hollywood Blues* (INÉDIT)
246. Neal Stephenson — *Zodiac*
247. Andrew Weiner — *Boulevard des disparus* (INÉDIT)
248. James Blish — *Semailles humaines*
249. Philip K. Dick — *L'invasion divine*
250. Robert Silverberg — *Né avec les morts*
251. Ray Bradbury — *De la poussière à la chair*
252. Robert Heinlein — *En route pour la gloire*
253. Thomas Burnett Swann — *La forêt d'Envers-Monde*
254. David Brin — *Élévation*
255. Philip K. Dick — *La transmigration de Timothy Archer* (La trilogie divine, III)
256 Georges Foveau — *Les Chroniques de l'Empire,* I *(La Marche du Nord — Un Port au Sud)*
257. Georges Foveau — *Les Chroniques de l'Empire,* II *(Les Falaises de l'Ouest — Les Mines de l'Est)*
258. Tom Piccirilli — *Un chœur d'enfants maudits* (INÉDIT)

259.	S. P. Somtow	*Vampire Junction*
260.	Christopher Priest	*Le prestige*
261.	Poppy Z. Brite	*Âmes perdues*
262.	Ray Bradbury	*La foire des ténèbres*
263.	Sean Russell	*Le Royaume Unique* (La guerre des cygnes, I)
264.	Robert Silverberg	*En un autre pays*
265.	Robert Silverberg	*L'oreille interne*
266.	S. P. Somtow	*Valentine*
267.	John Wyndham	*Le jour des triffides*
268.	Philip José Farmer	*Les amants étrangers*
269.	Garry Kilworth	*La compagnie des fées*
270.	Johan Heliot	*La Lune n'est pas pour nous*
271.	Alain Damasio	*La Horde du Contrevent*
272.	Sean Russell	*L'île de la Bataille* (La guerre des cygnes, II)
273.	S. P. Somtow	*Vanitas*
274.	Michael Moorcock	*Mother London*
275.	Jack Williamson	*La Légion de l'Espace* (Ceux de la Légion, I)
276.	Barbara Hambly	*Les forces de la nuit* (Le cycle de Darwath, I)
277.	Christopher Priest	*Une femme sans histoires*
278.	Ugo Bellagamba et Thomas Day	*Le double corps du roi*
279.	Melvin Burgess	*Rouge sang*
280.	Fredric Brown	*Lune de miel en enfer*
281.	Robert Silverberg	*Un jeu cruel*
282.	Barbara Hambly	*Les murs des Ténèbres* (Le cycle de Darwath, II)
283.	Serge Brussolo	*La nuit du bombardier*
284.	Francis Berthelot	*Hadès Palace*
285.	Jack Williamson	*Les Cométaires* (Ceux de la Légion, II)
286.	Roger Zelazny et Robert Sheckley	*Le concours du Millénaire*

287.	Barbara Hambly	*Les armées du jour* (Le cycle de Darwath, III)
288.	Sean Russell	*Les routes de l'ombre* (La guerre des cygnes, III)
289.	Stefan Wul	*Rayons pour Sidar*
290.	Brian Aldiss	*Croisière sans escale*
291.	Alexander Jablokov	*Sculpteurs de ciel*
292.	Jack Williamson	*Seul contre la Légion* (Ceux de la Légion, III)
293.	Robert Charles Wilson	*Les Chronolithes*
294.	Robert Heinlein	*Double étoile*
295.	Robert Silverberg	*L'homme programmé*
296.	Bernard Simonay	*La porte de bronze*
297.	Karl Schroeder	*Permanence*
298.	Jean-Pierre Andrevon	*Šukran*
299.	Robert Heinlein	*Sixième colonne*
300.	Steven Brust	*Jhereg*
301.	C. S. Lewis	*Au-delà de la planète silencieuse*
302.	Jack Vance	*Les langages de Pao*
303.	Robert Charles Wilson	*Ange mémoire* (INÉDIT)
304.	Steven Brust	*Yendi*
305.	David Brin	*Jusqu'au cœur du Soleil* (Le cycle de l'Élévation, I)
306.	James A. Hetley	*Le Royaume de l'été*
307.	Thierry Di Rollo	*Meddik*
308.	Cory Doctorow	*Dans la dèche au Royaume Enchanté* (INÉDIT)
309.	C. S. Lewis	*Perelandra*
310.	Christopher Priest	*La séparation*
311.	David Brin	*Marée stellaire*
312.	Ray Bradbury	*Les machines à bonheur*
313.	Jack Vance	*Emphyrio*
314.	C. S. Lewis	*Cette hideuse puissance*

315.	Frederik Pohl et C. M. Kornbluth	*Planète à gogos*
316.	Robert Holdstock	*Le souffle du temps*
317.	Stéphane Beauverger	*Chromozone* (La trilogie Chromozone, I)
318.	Michael Moorcock	*Le nomade du Temps*
319.	John Varley	*Gens de la Lune*
320.	Robert Heinlein	*Révolte sur la Lune*
321.	John Kessel	*Lune et l'autre* (INÉDIT)
322.	Steven Brust	*Teckla*
323.	Mary Gentle	*La guerrière oubliée* (Le livre de Cendres, I)
324.	Mary Gentle	*La puissance de Carthage* (Le livre de Cendres, II)
325.	Mary Gentle	*Les Machines sauvages* (Le livre de Cendres, III)
326.	Mary Gentle	*La dispersion des ténèbres* (Le livre de Cendres, IV)
327.	Charles Dickinson	*Quinze minutes*
328.	Brian Aldiss	*Le Monde Vert*
329.	Elizabeth Moon	*La vitesse de l'obscurité*
330.	Stéphane Beauverger	*Les noctivores*
331.	Thomas Day	*La maison aux fenêtres de papier* (INÉDIT)
332.	Jean-Philippe Jaworski	*Janua vera*
333.	Laurent Kloetzer	*Le royaume blessé*
334.	Steven Brust	*Les Gardes Phénix*
335.	Isaac Asimov	*Fondation* (Le cycle de Fondation, I)
336.	Isaac Asimov	*Fondation et Empire* (Le cycle de Fondation, II)
337.	Isaac Asimov	*Seconde Fondation* (Le cycle de Fondation, III)
338.	Isaac Asimov	*Fondation foudroyée* (Le cycle de Fondation, IV)

339.	Isaac Asimov	*Terre et Fondation* (Le cycle de Fondation, V)
340.	Jack Vance	*La vie éternelle*
341.	Guillaume Guéraud	*La Brigade de l'Œil*
342.	Chuck Palahniuk	*Peste*
343.	Poul Anderson	*Trois cœurs, trois lions*
344.	Pierre Corbucci	*Journal d'un ange*
345.	Elizabeth Hand	*L'ensorceleuse*
346.	Steven Brust	*Taltos*
347.	Stéphane Beauverger	*La cité nymphale* (La trilogie Chromozone, III)
348.	Gene Wolfe	*L'ombre du Bourreau* (Le livre du Nouveau Soleil, I)
349.	Robert Charles Wilson	*Blind Lake*
350.	Alain Damasio	*La Zone du Dehors*
351.	James Patrick Kelly	*Fournaise*
352.	Joëlle Wintrebert	*Le créateur chimérique*
353.	Bernard Simonay	*La Vallée des Neuf Cités*
354.	James Tiptree Jr	*Par-delà les murs du monde*
355.	Gene Wolfe	*La Griffe du demi-dieu* (Le livre du Nouveau Soleil, II)
356.	Gene Wolfe	*L'épée du licteur* (Le livre du Nouveau Soleil, III)
357.	Wayne Barrow	*Bloodsilver*
358.	Ted Chiang	*La tour de Babylone*
359.	Clive Barker	*Le royaume des Devins*
360.	Michael G. Coney	*Péninsule*
361.	Theodore Sturgeon	*Un peu de ton sang*
362.	Robert Charles Wilson	*Spin*
363.	Gene Wolfe	*La citadelle de l'Autarque* (Le livre du Nouveau Soleil, IV)

364.	Francis Berthelot	*Khanaor*
365.	Mélanie Fazi	*Serpentine*
366.	Ellen Kushner	*À la pointe de l'épée*
367.	K. J. Parker	*Les couleurs de l'acier* (La trilogie Loredan, I)
368.	K. J. Parker	*Le ventre de l'arc* (La trilogie Loredan, II)
369.	K. J. Parker	*La forge des épreuves* (La trilogie Loredan, III)
370.	Thomas Day	*Le trône d'ébène*
371.	Daniel F. Galouye	*Simulacron 3*
372.	Adam Roberts	*Gradisil*
373.	Georges Foveau	*L'Enfant Sorcier de Ssinahan* (INÉDIT)
374.	Mathieu Gaborit	*Bohème*
375.	Kurt Vonnegut Jr	*Le pianiste déchaîné*
376.	Olivier Bleys	*Canisse* (INÉDIT)
377.	Mélanie Fazi	*Arlis des forains*
378.	Mike Resnick	*Ivoire*
379.	Catherine L. Moore	*Les aventures de Northwest Smith*
380.	Catherine L. Moore	*Jirel de Joiry*
381.	Maïa Mazaurette	*Dehors les chiens, les infidèles*
382.	Hal Duncan	*Évadés de l'Enfer !* (INÉDIT)
383.	Daniel F. Galouye	*Le monde aveugle*
384.	Philip K. Dick	*Le roi des elfes*
385.	Poppy Z. Brite	*Contes de la fée verte*
386.	Mélanie Fazi	*Notre-Dame-aux-Écailles*
387.	J.G. Ballard	*Le monde englouti*
388.	Jean-Philippe Jaworski	*Gagner la guerre*
389.	Mary Gentle	*L'énigme du cadran solaire*
390.	Stéphane Beauverger	*Le Déchronologue*
391.	Robert Charles Wilson	*La cabane de l'aiguilleur*
392.	Christopher Priest	*L'Archipel du Rêve*

393.	McSweeney's	*Anthologie d'histoires effroyables*
394.	Robert Heinlein	*Marionnettes humaines*
395.	Norbert Merjagnan	*Les tours de Samarante*
396.	Jean-Philippe Depotte	*Les démons de Paris*
397.	Stephen Fry	*Le faiseur d'histoire*
398.	Kelly Link	*La jeune détective et autres histoires étranges*
399.	J.G. Ballard	*Sécheresse*
400.	Fabrice Colin	*Comme des fantômes*
401.	Ray Bradbury	*Les pommes d'or du soleil*
402.	Laurent Genefort	*Mémoria*
403.	Maïa Mazaurette	*Rien ne nous survivra*
404.	Eoin Colfer	*Encore une chose… (H2G2, VI)*
405.	Robert Charles Wilson	*Mysterium*
406.	Serge Lehman	*Le Haut-Lieu et autres espaces inhabitables*
407.	Isaac Asimov	*L'homme bicentenaire*
408.	Catherine Dufour	*L'accroissement mathématique du plaisir*
409.	Ian McDonald	*Brasyl*
410.	James Patrick Kelly	*Regarde le soleil*
411.	Alfred Bester	*L'homme démoli*
412.	Jack Vance	*Les chroniques de Durdane*
413.	Alfred Bester	*Terminus les étoiles*
414.	Isaac Asimov	*Cher Jupiter*
415.	Carol Berg	*L'Esclave* (Les livres des rai-kirah, I)
416.	Ugo Bellagamba	*Tancrède*
417.	Christopher Priest	*Le Glamour*
418.	Catherine Dufour	*Outrage et rebellion*
419.	Robert Charles Wilson	*Axis*

420. Nick DiChario — *La vie secrète et remarquable de Tink Puddah*
421. Thomas Day — *Du sel sous les paupières* (INÉDIT)
422. Pierre Pelot — *La guerre olympique*
423. Jeanne-A Debats — *La vieille Anglaise et le continent*
424. Karl Edward Wagner — *Kane* (L'intégrale, I)
425. Karl Edward Wagner — *Kane* (L'intégrale, II)
426. Karl Edward Wagner — *Kane* (L'intégrale, III)
427. Jean-Claude Dunyach — *Le jeu des sabliers*
428. Jean-Michel Truong — *Le Successeur de pierre*
429. Ray Bradbury — *Un remède à la mélancolie*
430. Roger Zelazny — *Seigneur de Lumière*
431. Clifford D. Simak — *Voisins d'ailleurs*
432. Ian McDonald — *Roi du Matin, Reine du Jour*
433. Thomas Day — *Sympathies for the devil*
434. Hal Duncan — *Velum* (Le Livre de Toutes les Heures, I)
435. Hal Duncan — *Encre* (Le Livre de Toutes les Heures, II)
436. Steven Amsterdam — *Ces choses que nous n'avons pas vues venir*
437. Serge Lehman présente — *Retour sur l'horizon*
438. Carol Berg — *L'insoumis* (Les livres des rai-kirah, II)
439. Henri Courtade — *Loup, y es-tu ?*
440. Lord Dunsany — *La fille du roi des Elfes*
441. Maurice Leblanc — *Le formidable événement*
442. John Varley — *Le système Valentine*
443. Philip K. Dick — *Le dernier des maîtres*
444. Pierre Pevel — *Les Lames du Cardinal* (Les Lames du Cardinal, I)
445. George R. R. Martin, Gardner Dozois & Daniel Abraham — *Le chasseur et son ombre*

446. Loïc Henry — *Loar*
447. Ray Bradbury — *Léviathan 99*
448. Clive Barker — *Hellraiser*
449. Robert Charles Wilson — *À travers temps*
450. Serge Brussolo — *Frontière barbare* (INÉDIT)
451. L. L. Kloetzer — *CLEER*
452. Cédric Ferrand — *Wastburg*
453. Jean-Claude Marguerite — *Le Vaisseau ardent*
454. Jean-Philippe Depotte — *Les jours étranges de Nostradamus*
455. Walter M. Miller Jr. — *L'héritage de saint Leibowitz*
456. Carol Berg — *Le vengeur* (Les livres des rai-kirah, III)
457. Philip K. Dick — *Question de méthode*
458. Leandro Ávalos Blacha — *Berazachussetts*
459. Alden Bell — *Les faucheurs sont les anges*
460. Pierre Pevel — *L'Alchimiste des Ombres* (Les Lames du Cardinal, II)
461. Xavier Mauméjean — *Rosée de feu*
462. Arkadi et Boris Strougatski — *Stalker*
463. Ian McDonald — *Le fleuve des dieux*
464. Barry Hughart — *La magnificence des oiseaux* (Une aventure de Maître Li et Bœuf Numéro Dix)
465. Serge Brussolo — *Trajets et itinéraires de la mémoire*
466. Barry Hughart — *La légende de la Pierre* (Une aventure de Maître Li et Bœuf Numéro Dix)
467. Jack McDevitt — *Seeker*

Cet ouvrage a été composé par IGS-CP
à L'Isle-d'Espagnac (16)
Impression CPI Firmin-Didot
à Mesnil-sur-l'Estrée, le 4 mars 2014.
Premier dépôt légal : juin 2012.
Dépôt légal : mars 2014.
Numéro d'imprimeur : 121566.
ISBN 978-2-07-044519-6/Imprimé en France.

266556